Les ombres de l'Erdre

ALINE DURET

Les ombres de l'Erdre

ÉDITIONS DU PALÉMON
ZI de Kernevez - 11 B rue Röntgen - 29 000 Quimper

À mes filles, Alice et Émilie
À Didier

Avertissement au lecteur

Toute ressemblance entre les personnages présentés ici et des personnes existantes ou ayant existé, serait une pure coïncidence et le fait du hasard.

« Que la Justice déferle comme les vagues
Et la vertu comme un torrent éternel. »
Livre d'Amos

« La haine est nourrice de mauvaises pensées, souffle la calomnie, inspire les injustices, médite le crime ; et si elle couve une vengeance, elle dissimule son projet, affecte les allures de l'amitié, le ton de la bienveillance, prend tous les masques que l'hypocrisie peut lui fournir. »
Louis-Auguste Martin

Chapitre I
L'ombre de Port-Jean

Jeudi 7 décembre, 18 h 15

Le premier contact avec l'extérieur est rude : le froid piquant lui mord la joue. Mais peu importe, l'appel est trop fort, Camille ne peut résister. Courir, ne plus penser à rien, foncer droit devant et se laisser envahir doucement par ce savoureux cocktail de dopamine et d'endorphine. La jeune femme accélère le rythme et s'enfonce dans la campagne carquefolienne.

Nichée au cœur de la vallée de l'Erdre, à quelques encablures de Nantes, la commune de Carquefou jouit d'un environnement privilégié. Malgré l'urbanisation galopante, les habitants ont su préserver cet écrin de verdure parsemé de manoirs et de châteaux. Le vieux bourg, juché en haut d'une colline, se distingue par ses ruelles pavées de granit. Ses toits en ardoise naturelle d'un bleu sombre émaillée de cristaux scintillent sous le soleil.

Après un automne doux et pluvieux, l'hiver a fini par planter ses crocs dans la région.

Sur le chemin de terre menant aux berges de l'Erdre, le froid, le vent et l'humidité semblent, d'une alliance tacite, dissuader quiconque d'y pénétrer.

Un coup d'une violence inouïe la stoppe net dans son élan.

Camille s'effondre dans un bruit sourd.

*

Port-Jean, 18 h 45

Quand Camille retrouve ses esprits, elle est saisie d'effroi. La douleur est insoutenable.

Elle porte la main à sa tempe. Le sang afflue par saccades, et se répand autour de sa tête, formant une corolle pourpre. Recroquevillée sur le flanc gauche, une peur panique l'envahit. Elle distingue entre ses paupières mi-closes son téléphone portable ; il gît à ses côtés, à quelques centimètres à peine.

Telle une vague venue du plus profond d'elle-même, des milliers d'aiguillons l'assaillent de toute part. Ses muscles se contractent en un seul mouvement. Son cœur bat à tout rompre. Le souffle court, elle peine à respirer. Figée au sol, anéantie, elle ne comprend pas ce qui lui arrive. Où est-elle ?

Elle a terriblement froid. Une douleur lancinante cogne dans son crâne. Il lui faut appeler au secours, demander de l'aide.

Alors, elle rassemble toutes ses forces et avance péniblement la main pour attraper son iPhone. Le contact de ses doigts sur la terre gelée lui est insupportable. Quand elle parvient à atteindre son téléphone, la pression implacable d'un pied s'abat sur ses phalanges. Un craquement sonore se fait entendre. Le hurlement qui sort de sa gorge est quasi inhumain. Atterrée, elle lève les yeux sur l'imposante silhouette qui la domine de toute sa hauteur. Plus aucun doute possible : il n'y aura pas d'échappatoire !

L'ombre retire son pied, libérant ainsi sa main droite ankylosée. Dans un ultime effort, Camille redresse la tête. La masse informe se tient au-dessus d'elle, silencieuse, impassible. Elle contemple avec un plaisir indicible sa proie suppliante.

— Pitié… Ne me faites pas de mal, supplie-t-elle d'une voix entrecoupée de sanglots.

Un long silence pour seule réponse.

— Pourquoi… pourquoi moi ? Je ne vous ai rien fait… souffle-t-elle à bout de forces.

Le souffle du vent lui glace le sang. Elle ne sent déjà plus ses membres raidis.

Les dernières paroles de sa mère avant son départ lui reviennent brutalement en mémoire. Jamais elle n'aurait dû s'aventurer seule ici… Jamais !

*

Carquefou bourg, 18 h 10

— Camille, tu ne vas quand même pas faire un footing à cette heure tardive ! Il fera bientôt nuit !

Visiblement très accaparée par le laçage de ses baskets, Camille ne daigne pas relever la tête. À quoi bon ? C'est toujours la même rengaine.

— Tu sais bien que j'ai peur pour toi ! Camille ? Dis, tu m'écoutes ?

— Maman ! Arrête un peu ! J'ai vingt et un ans ! Je ne suis plus une enfant.

Madame Marsan se poste devant la jeune femme, les mains calées sur les hanches, fermement décidée à la retenir.

— Tu as peut-être vingt et un ans, mais tu te conduis comme une gamine de seize ans. Tu es manifestement inconsciente, ma fille !

— T'inquiète, maman !

— Oui, justement, je m'inquiète ! C'est précisément mon rôle ! Tu verras quand tu auras des enfants, on en reparlera ! La presse regorge de faits divers aussi abominables les uns que les autres ! Cette semaine encore, j'ai lu dans le journal qu'une adolescente s'est fait agresser par trois jeunes hommes dans le quartier Bellevue, en pleine journée !

L'appréhension déforme le visage de sa mère en une grimace grotesque. De nature obsessionnelle, madame Marsan possède une imagination sans borne, digne des plus grands romanciers. Les accidents, les malades mentaux qui se baladent dans les rues, sans compter les attentats : tout se bouscule dans sa tête. On n'est jamais plus en sécurité qu'à la maison, enfermé à double tour. À l'écouter, Camille ne sortirait même plus de chez elle après dix-sept heures. Une vie cloîtrée, mortellement ennuyeuse.

— Allez, détends-toi un peu. Prends un bouquin et pose-toi dans le canapé. Je te promets que je serai de retour dans moins de quarante minutes. Je prends mon téléphone portable avec moi. Franchement, que veux-tu qu'il m'arrive ? Et puis, tu vois, là, tu me retardes encore un peu plus, maman.

Un rapide baiser déposé sur la joue parfumée de sa mère, sorte de point final à la discussion, et Camille s'élance dans l'escalier, les écouteurs sur les oreilles, la capuche de son sweat-shirt relevée.

*

Port-Jean, 18 h 45

Le ciel de Port-Jean, coupé en deux parties bien distinctes, s'assombrit subitement. Le vent glacial semble avoir baissé sa garde.

Un second coup survient, plus puissant que le premier. Un dernier spasme raidit définitivement le corps de Camille Marsan.

Les notes légères qui s'échappent des écouteurs de la jeune femme contrastent singulièrement avec le lourd silence environnant. Seul le glapissement d'un animal au loin est perceptible.

L'ombre savoure encore quelques instants le spectacle qui s'offre à ses pieds, puis s'éloigne sans bruit…

Les ténèbres ont pris possession des lieux : la nuit noire s'est abattue sur la campagne endormie.

Pas le moindre frémissement dans les arbres. Pas même le tintement de l'un des mâts de la base nautique de Port-Jean.

Plus que le silence, rien que le silence de la nuit.

Chapitre II
Au coin du feu

Jeudi 7 décembre, 20 h 15

— Oui ? Qui est-ce ?

— C'est le père Noël ! Allez, Amandine, dépêche-toi ! Il fait froid en bas !

En entendant la voix rauque de son ami résonner à l'autre bout de l'interphone, la jeune femme ne peut s'empêcher d'esquisser un large sourire. Ses yeux s'illuminent et les traits de son visage s'adoucissent ostensiblement.

— Allez, ouvre, Amandine !

— Ah, Simon, c'est toi ! répond-elle d'un ton amusé. Je t'attendais avec impatience. Monte vite !

Amandine raccroche distraitement l'appareil et jette un coup d'œil furtif dans le miroir de l'entrée. Elle ne dispose que de quelques secondes pour effectuer les dernières retouches de maquillage, le temps que Simon Belfort gravisse les quatre étages qui les séparent.

Elle s'empare de son sac à main qui repose sur la desserte en acajou de l'entrée et en extrait un petit étui argenté. D'un geste rapide et précis, elle redessine le contour de ses lèvres. Une légère touche de blush pour rehausser le tout devrait suffire !

L'image que lui renvoie le miroir ne la satisfait pas vraiment, mais il faudra bien composer avec, faute de temps. Cette soirée doit être parfaite. Officiellement, Simon, très habile de ses mains, vient installer la cheminée électrique qu'elle a commandée sur Amazon pour Noël. Officieusement, la jeune femme compte bien profiter de cette petite soirée en tête à tête pour lui faire part de ses sentiments.

Elle s'est longuement répété la scène. Aucune place pour l'improvisation ; tout a été savamment orchestré. Tout va bien se passer ! Il ne peut en être autrement.

Lorsqu'elle ouvre la porte de son appartement, Amandine constate sans déplaisir que son ami Simon Belfort n'a pas pris le temps de se changer avant de passer la voir : il est en tenue. Il a fière allure dans ce bel uniforme de gendarme.

Curieusement, lorsque Simon Belfort le porte, Amandine a l'impression qu'il ne s'agit plus du tout du même homme. Ce n'est que la quatrième fois qu'elle le voit ainsi vêtu depuis qu'ils se sont rencontrés.

Du haut de son mètre quatre-vingt-cinq, quoique trop mince au goût de la jeune femme, l'adjudant Belfort n'en reste pas moins un homme séduisant.

Le sourire qu'il lui adresse dès qu'il l'aperçoit dans l'entrebâillement de la porte illumine soudainement son visage. Grand, brun, yeux d'un bleu profond, barbe de trois jours : ce militaire a vraiment tout pour plaire ! Mais ce qui a séduit la jeune femme, c'est son tempérament. Très vite, l'adjudant Belfort lui est apparu sous les traits d'un être singulier, hors norme. Souvent énigmatique, impénétrable parfois, il a, dès lors, supplanté tous les autres prétendants de la jeune femme. Aucun n'a su la subjuguer avec une telle force.

— Bonsoir, Amandine, lance-t-il gaiement.

— Bonsoir, Simon.

— Comme tu peux le constater, je suis d'astreinte ce soir, mais ne t'inquiète pas, il y a peu de chance que je sois appelé par les collègues. Il faudrait vraiment qu'il arrive quelque chose de très grave. Or, comme tu le sais, il ne se passe jamais rien d'extraordinaire dans cette commune ! Nous avons donc toute la soirée devant nous.

— Pas de souci. Ce sont les aléas du métier ! assure-t-elle en déposant un baiser sur chacune des joues du gendarme. Allez, entre vite te mettre au chaud, tu as l'air frigorifié.

Le militaire pose sa caisse à outils et son sac à dos dans l'entrée, en prenant soin de ne pas abîmer le parquet fraîchement ciré. Dès le premier jour où il est entré dans cet appartement, il a été frappé par la propreté et le rangement impeccables. Un appartement raffiné, digne des grandes revues d'Art déco.

— Il est grand temps que je demande ma mutation, crois-moi ! Mon dossier est complet ; il ne manque plus que l'attestation signée de mon lieutenant et je l'envoie à la caserne Lamoricière1. Je me demande vraiment pourquoi je suis venu m'enterrer dans ce trou à rats !

Amandine ne laisse transparaître aucune émotion, bien qu'au fond d'elle-même, ces paroles lui glacent le sang. Chaque fois qu'il aborde le sujet de sa demande de mutation, l'étau se resserre encore davantage autour de son cœur. Aujourd'hui, plus que jamais, elle a l'impression que le départ de son ami est imminent. Elle va devoir redoubler d'efforts pour le retenir, quoi que cela lui en coûte.

*

Depuis leur rencontre en juillet dernier, dans la salle d'attente de Karen Levasseur, Simon Belfort occupe toutes les pensées de la jeune femme. Le cabinet de psychothérapie se situe en plein cœur de Nantes, rue du Calvaire. Un rapprochement assez improbable dû à une simple erreur de planning. Le hasard réserve parfois de douces surprises. Dans l'esprit d'Amandine, aucun doute possible, tout semblait avoir été écrit là-haut, sur « le grand rouleau de la vie[2] ».

Simon, en parfait gentleman, avait spontanément proposé de lui laisser sa place, alléguant quelques emplettes à faire dans les boutiques du passage Pommeraye. Pour le remercier, elle l'avait invité en retour à prendre un verre à La Cigale. Simon ne connaissait pas cette célèbre brasserie nantaise au

---

1. Caserne Lamoricière : gendarmerie nationale de Nantes.

2. Le grand rouleau de la vie : référence à l'œuvre de Denis Diderot, Jacques le Fataliste.

décor incontournable. Autour d'un café, Amandine lui avait conté l'histoire du lieu qui avait servi au tournage de célèbres films, dont *Lola* de Jacques Demy[3]. Pendant plusieurs heures, ils avaient marché à pas lents et réguliers dans les rues pavées de Nantes, sans véritablement savoir où ils allaient. Ils avaient déambulé au cœur de la vieille ville, dans le quartier du Bouffay. Dans ces ruelles animées par les terrasses de café, les hautes façades à colombages conféraient au lieu une atmosphère médiévale. Ils s'étaient ensuite attardés devant les surprenantes inclinaisons des hôtels particuliers implantés sur l'île Feydeau. Édifiés sur pilotis, soumis aux anciens caprices de la Loire, ils semblent se soutenir les uns les autres face à la menace d'un effondrement général.

Sans pudeur, Simon et Amandine avaient livré les motifs de leur présence dans le cabinet du docteur Levasseur.

Cela faisait près de deux ans qu'Amandine consultait cette thérapeute dont la renommée dépassait largement la couronne nantaise. Il fallait bien compter six à neuf mois pour obtenir un rendez-vous avec elle. Karen Levasseur s'était spécialisée dans l'hypnothérapie pour traiter les pathologies anxieuses ou dépressives. L'état psychique d'Amandine s'était rapidement amélioré grâce à ces séances d'hypnose conversationnelle. Toutefois, elle ne parvenait désormais plus à se passer de ces visites hebdomadaires. La moindre contrariété ne pouvait plus être dépassée sans le secours de Karen Levasseur. Ces dernières semaines, Amandine avait dû multiplier les consultations,

---

3. Lola, film de 1961 avec Anouk Aimée dans le rôle principal.

poussée par un besoin irrépressible de confier son mal-être à celle qui était devenue désormais une sorte de confidente.

Quant à Simon, cela faisait tout juste six mois qu'il avait accepté, sous la pression de son lieutenant, de suivre une psychothérapie. Pour faire face aux nombreuses situations de mal-être de leurs hommes, les services de gendarmerie et de police avaient passé des accords avec des cabinets de Nantes. À l'origine, le collaborateur du docteur Levasseur aurait dû recevoir en consultation l'adjudant Belfort. Afin de soulager l'emploi du temps de son confrère, elle s'était spontanément proposée pour assurer le suivi de quelques gendarmes. Simon Belfort avait grandement besoin de se faire aider. Ses supérieurs envisageaient le pire : Simon faisait partie des possibles candidats au suicide, il fallait donc agir vite. De vieux démons du passé avaient refait surface, altérant la qualité de son travail d'officier de police judiciaire. L'alcool était devenu pour lui, au fil du temps, une sorte de succédané aux antidépresseurs que son organisme ne supportait plus.

*

Tous deux s'étaient arrêtés un long moment sur les marches du théâtre Graslin, contemplant cet édifice avec le même émerveillement au fond des yeux, dans un silence presque solennel.

En ce début de soirée, l'éclairage nocturne mettait habilement en valeur le superbe édifice à huit colonnes corinthiennes. Les muses juchées en haut des piliers semblaient les regarder avec bienveillance.

Comme Simon n'avait manifesté aucun désir de rentrer chez lui, Amandine, passionnée par l'histoire de Nantes, avait suggéré une promenade sur le quai des Antilles. Ils avaient longé le hangar à bananes, ancienne friche portuaire devenue en 2007 l'un des lieux d'animation les plus emblématiques de la ville. À l'image des entrepôts de Lisbonne, une foule de fêtards s'y presse à la nuit tombée pour profiter des nombreux bars et restaurants.

Depuis ce belvédère ouvert sur le quai de la Fosse, Chantenay et Trentemoult, la vue sur la Loire qui serpente dans la ville est imprenable. L'enfilade des anneaux de Buren, lumineux lorsque le jour décline à l'horizon, offre une perspective saisissante.

Ils étaient restés plusieurs heures sur l'une des terrasses de ce lieu chargé d'émotion. Le temps s'était suspendu.

*

Simon, comme à son habitude, retire ses chaussures et les dépose méthodiquement, lacets dans les rangers, bien alignées sous le guéridon de l'entrée. D'un geste énergique, il s'empare de sa boîte à outils et pénètre dans le vaste salon. Il marque un temps d'arrêt : aux quatre coins de la pièce, de petites bougies scintillent dans la pénombre. Un parfum très discret de Jasmin parvient à ses narines.

— Charmante attention, mademoiselle Doucet, mais je vais avoir besoin de plus de lumière pour travailler dans de bonnes conditions.

À regret, Amandine s'exécute. Le plafonnier diffuse instantanément une lumière métallique, rompant brutalement l'ambiance romantique qu'elle avait soigneusement préparée pour l'occasion.

— Allez, on s'y met tout de suite ; plus vite la cheminée sera installée, plus vite nous pourrons profiter de la soirée. Tiens, regarde, j'ai apporté un DVD : *Hannibal Lecter*, avec Gaspard Ulliel dans le rôle du psychopathe, tu connais ?

D'une main hésitante, la jeune femme accepte le coffret qu'il lui tend : la jaquette du DVD affiche un visage effrayant dissimulé sous un masque d'acier. Elle le lui rend aussitôt, réprimant une moue de dégoût.

— Oui, je connais, mais de nom seulement. Tu sais très bien, Simon, que je n'aime pas du tout ce genre de films : les thrillers, ce n'est vraiment pas pour moi. Ils me donnent la chair de poule. Même sans avoir regardé de films d'horreur, le soir, je m'enferme à double tour dans ma chambre. Au moindre bruit, j'imagine qu'un déséquilibré rôde dans mon appartement !

— Ça me ferait au moins une affaire criminelle à résoudre…

Devant la mine renfrognée de son amie, Simon lui pince doucement le menton, et dépose un baiser sonore sur son front.

— Je plaisante ! Quelle nounouille tu fais ! Non, mais quelle poule mouillée ! Tu habites au quatrième étage, je te le rappelle, donc tu n'as vraiment rien à craindre ici. J'ai vérifié ton système d'alarme la semaine dernière encore, il est parfaitement opérationnel. Tu peux dormir tranquille sur tes deux oreilles !

Le gendarme n'en revient pas : jamais il n'a rencontré une femme aussi peureuse de toute son existence.

Après avoir disposé méthodiquement au sol, sur une toile cirée, tous les outils dont il pense avoir besoin, il se met au travail. Amandine l'observe d'un air amusé : Simon voue un véritable culte à son matériel de bricolage. Un vrai maniaque. Après chaque utilisation, il essuie minutieusement ses outils, et les replace dans les étuis d'origine.

La cheminée panoramique, sortie de son emballage, présente des dimensions assez surprenantes. Cet achat, probablement très onéreux, ne lui serait jamais venu à l'esprit à lui ! Un simple gadget. Un cadre aurait largement suffi à décorer ce pan de mur.

Tout en s'affairant autour de la cheminée électrique, Simon s'enquiert des dernières nouvelles : ils ne se sont pas vus depuis près d'une semaine. Elle reçoit une litanie de questions aussi intrusives les unes que les autres. A-t-elle fait de nouvelles rencontres ? Avec qui est-elle allée au cinéma mardi dernier ? Amandine trouve son ami bien étrange : de nature plutôt taciturne, il se montre particulièrement loquace et agité. Un vrai moulin à paroles. Elle a l'impression de subir un interrogatoire en règle, mais elle s'y plie volontiers, ravie d'avoir toute l'attention du gendarme.

— Rassure-toi, Amandine : je n'en ai pas pour bien longtemps, une demi-heure à tout casser. Installer une cheminée électrique, ça ne doit pas être bien compliqué, surtout pour un as du bricolage comme moi !

— Le vendeur en ligne m'a assuré que c'est aussi simple que d'installer un tableau sur un mur. Mais prends ton temps ! Je vais bouquiner sur le canapé. Si tu as besoin de moi, fais-moi signe.

La jeune femme s'empare d'un ouvrage qui traîne sur la table basse et s'allonge de tout son long sur son grand canapé blanc. Confortablement installée entre les coussins en organza, elle affecte d'en entamer la lecture. Simon ne peut s'empêcher de sourire en lisant le titre qui figure en grosses lettres sur la première de couverture : *Comment se libérer de ses peurs et de ses angoisses ?*

— Dis-moi, Amandine, où en es-tu avec ce projet de roman policier que tu voulais écrire ? Tu ne m'en parles plus du tout ; aurais-tu abandonné ?

Après un court instant de réflexion, la jeune femme se dit que c'est le meilleur moment pour lui en parler.

— Non, pas du tout ! J'ai déjà quelques idées bien précises en tête. J'attends l'inspiration créatrice, une muse en quelque sorte. J'ai l'intention de m'inspirer de faits réels, notamment des affaires dont tu m'as parlé et celles à venir. Mais pour cela, je compte sur ton aide : en matière de crimes, je n'y connais absolument rien. J'ai bien réfléchi, vois-tu, et j'en suis venue à la conclusion suivante : nous devons faire équipe tous les deux. Tu apportes tes connaissances d'homme de terrain, et moi j'écris. Qu'en dis-tu ?

Le gendarme lève un sourcil interrogateur, puis esquisse un large sourire.

— Tu me le feras lire avant tout le monde ?

— Sans blague, Simon ? Tu lis des romans, toi ?

— Tu me prends vraiment pour un débile ? Ce n'est pas parce que je ne suis qu'un simple gendarme de campagne que je ne m'intéresse pas à la littérature ! Eh bien… oui ! Je lis des romans, et je dois dire que c'est un peu grâce à toi : tu m'as redonné le goût de la lecture. D'ailleurs, j'ai fini de lire les trois livres que tu m'avais prêtés. J'ai une nette préférence pour *Inyenzi ou les Cafards*[4]. Les récits de vie m'ont toujours fasciné, mais celui-ci, je dois avouer qu'il m'a profondément marqué. L'être humain se montre parfois capable d'une barbarie redoutable, dépassant largement celle des animaux.

Le gendarme est à présent littéralement absorbé par son installation. Perfectionniste, chaque petit détail compte pour lui. Et sur ce point, ils sont tous les deux diamétralement opposés : Amandine est adepte du « vite fait, mal fait ». Peu importe, cela lui plaît de regarder son ami travailler pour elle avec autant de soin.

Une demi-heure plus tard, il se retourne, l'air pleinement satisfait de son travail. Il enclenche le mécanisme de la cheminée à l'aide de la télécommande. De belles flammes rougeoyantes dansent derrière la vitre légèrement fumée. La technologie à leds permet d'obtenir un effet de lumière très réaliste. Sans comparaison aucune avec celles d'une cheminée traditionnelle au bois, mais tout de même ! Le résultat est assez bluffant !

— Pas mal, hein ?

— Pas mal du tout… murmure-t-elle entre ses lèvres, visiblement subjuguée.

Le regard qu'elle lui lance lui fait comprendre sans équivoque qu'elle ne songe aucunement

---

4. Roman autobiographique écrit par Scholastique Mukasonga en 2006 qui évoque le conflit Hutu-Tutsi.

à l'installation électrique. Simon prend alors conscience que le déshabillé en dentelle noire qu'elle porte ce soir lui est destiné. Amandine est une jeune femme séduisante et attachante, mais il garde à l'esprit son projet de vie : fonder une nouvelle famille, avoir un autre enfant.

Depuis sa séparation avec son ex-femme, il ne voit plus beaucoup sa fille Sarah. À peine quatre jours par mois, et la moitié des vacances scolaires, c'est bien peu. Pourquoi Lucie est-elle partie aussi loin avec leur enfant ? Pouvoir serrer tendrement sa fille dans ses bras le soir en rentrant du travail, ou l'emmener tout simplement au parc de la Chantrerie comme autrefois, lui manquent cruellement. Mais la justice se range rarement du côté des pères, surtout lorsqu'ils exercent un métier aussi contraignant que celui de gendarme. Le juge aux affaires familiales a tranché : la petite sera plus épanouie auprès de sa maman et de son nouveau conjoint. Simon a toujours voulu vivre entouré d'enfants ; désormais, il lui faut reconstruire une famille, et le plus tôt sera le mieux !

Amandine souffre d'une forme sévère d'endométriose, excluant toute maternité. Elle avait longtemps hésité avant de dévoiler son terrible secret à son ami. Sur le moment, Simon avait paru quelque peu gêné : il avait baissé les yeux et gardé le silence, comme perdu dans ses pensées. Plus jamais ils n'avaient abordé ce sujet ensemble.

S'il s'était senti attiré par Amandine au tout début de leur rencontre, il avait toutefois choisi de se tourner vers une femme plus jeune, capable de lui offrir la vie de famille dont il rêvait.

Par manque de courage ou par crainte de blesser son amie, il avait pris la décision de ne jamais évoquer sa vie sentimentale en sa présence. Tel un grand frère, il se montrait toujours attentionné et lui rendait visite chaque fois qu'il le pouvait.

Soudain, la sonnerie du portable de l'adjudant Belfort retentit, brisant le silence. Le gendarme sort promptement sur la terrasse et y demeure à peine quelques instants.

Quand la baie vitrée s'ouvre à nouveau sur Simon, une vague de froid envahit la pièce. Amandine s'extirpe avec peine du canapé, non sans une pointe de regret. Elle comprend immédiatement, en voyant le visage fermé du gendarme, que la petite soirée qu'elle avait prévue part en fumée.

Le front plissé, les muscles de la mâchoire contractés, le militaire cherche ses mots.

— Je dois y aller, déclare-t-il d'une voix affectée. Les collègues ont besoin de renfort à la brigade.

Tout, dans son attitude, ses gestes, et même sa voix, trahit l'intensité de l'émotion qui l'anime et qu'il essaie de contenir tant bien que mal.

L'adjudant Belfort enfile ses rangers et sa veste, sans même jeter un regard à Amandine, sans prononcer un seul mot. La jeune femme le connaît suffisamment pour comprendre qu'il s'est passé quelque chose de grave…

Avant d'ouvrir la porte, le gendarme dépose un baiser glacé sur le front de son amie et disparaît, comme happé par la nuit.

Chapitre III
Découverte macabre

Jeudi 7 décembre, 21 h 15

En moins de dix minutes, l'adjudant Simon Belfort arrive sur place. Il gare son véhicule de fonction sur le parking attenant à la base nautique de Port-Jean. Cet endroit, d'ordinaire si peu fréquenté en soirée, est envahi par des dizaines de véhicules de la gendarmerie, des pompiers, des pompes funèbres, mais aussi des journalistes, qui se sont précipités à l'affût d'une nouvelle sensationnelle. Seuls quelques rares faits divers insipides rythment la vie de cette paisible commune dans laquelle il fait bon vivre. Mais ce soir, la présence du fourgon blanc sérigraphié « *Identité criminelle* » est, à elle seule, gage d'un scoop qui devrait faire les gros titres des journaux.

Quelques mètres sur la gauche, derrière la barrière en bois qui marque l'entrée du sentier pédestre, les gendarmes se tiennent debout, immobiles, telles des statues de bronze. Dès que l'adjudant Paul Landrin et le maréchal des logis-chef Guillaume Blanchet aperçoivent la voiture de Simon, ils se détachent du groupe pour venir à sa rencontre sur le parking. Tous deux l'ont attendu avec impatience à en juger leur empressement. Leurs visages expriment une grande tension. L'adjudant Belfort coupe le moteur de son véhicule de service, marque un temps d'arrêt, prend une profonde inspiration avant d'ouvrir la portière et de s'engouffrer dans la nuit glaciale. Il ajuste son couvre-chef et remonte le col de son veston. Un long frisson lui parcourt l'échine.

D'un pas hésitant, il rejoint ses deux collègues qui avancent dans sa direction. Simon Belfort tente de se ressaisir afin de limiter les tremblements qui le secouent depuis l'annonce de la découverte. La gorge serrée, le pouls à cent dix, il parcourt les derniers mètres qui le séparent de ses collègues.

Le lieutenant Arnaud Hoffman, commandant de la brigade de Carquefou, est sur le pied de guerre. Il a déjà procédé aux premières constatations et rédigé le procès-verbal. Il s'entretient avec le témoin qui a découvert le corps, peu avant vingt heures.

Il s'agit d'un septuagénaire marginalisé, Victor Hamon, résidant chemin du Port-Breton, dans le hameau le plus proche. Profondément choqué, le témoin parvient à articuler quelques mots. Il a pu délivrer malgré tout quelques informations essentielles pour le lancement de l'enquête.

Victor Hamon promenait son vieux beagle comme tous les soirs, à dix-neuf heures trente précises. Son chien s'est mis en arrêt au milieu du sentier pédestre, non loin de la barrière en bois. Intrigué par les aboiements de son fidèle compagnon, monsieur Hamon s'est approché avec prudence. Il a d'abord pensé à un animal blessé, car son beagle est un fin limier. Il n'y en a pas deux pareils dans toute la région, capable de lever le gibier même en pleine nuit! Le témoin a alors braqué sa lampe torche sur la masse sombre qui gisait au sol. C'est là qu'il a découvert la victime. Pensant que la jeune femme était simplement évanouie, l'homme a secoué le corps inerte. Mais sans succès. La gravité de la situation lui est apparue : la victime reposait dans une flaque de sang. Le cœur battant, le septuagénaire a aussitôt fait demi-tour afin de prévenir les secours.

Le pauvre homme tient à peine debout, il oscille de gauche à droite. Sans le lieutenant Hoffman qui le maintient fermement par le coude, il se serait déjà effondré.

— À présent, monsieur Hamon, ajoute Hoffman, je vais vous demander de bien vouloir regagner votre domicile. Il se fait tard et vous êtes fatigué. Reposez-vous cette nuit, et demain matin, vous vous présenterez à la gendarmerie, si possible dès l'ouverture. Pensez à vous munir de votre pièce d'identité.

Le visage de l'homme perd tout à coup ses couleurs.

— Simple routine, ne vous inquiétez pas, monsieur Hamon ! assure le lieutenant Hoffman en posant une main sur l'épaule du vieil homme. Il s'agit de la procédure habituelle. Vous êtes notre seul témoin dans cette affaire, autant vous dire que votre déclaration nous est précieuse. Dans la nuit, des éléments pourraient vous revenir en mémoire : un bruit, une odeur… Enfin, tout ce qui vous a semblé inhabituel aux abords de la scène du crime. Vous empruntez ce parcours tous les soirs à la même heure depuis deux bonnes décennies, d'après ce que vous nous avez déclaré. Alors, songez à noter tous les détails sur un bout de papier, y compris ceux qui vous paraîtront insignifiants.

Depuis l'arrivée des gendarmes, Victor Hamon est abattu, incapable de la moindre pensée. Mais la perspective de se rendre à la gendarmerie le lendemain matin lui donne comme un coup de fouet.

L'inquiétude se lit sur son visage constellé de taches brunes. Ses paupières flétries se lèvent sur ses yeux globuleux.

— À la gendarmerie ? répète-t-il incrédule. Mais pourquoi ? Je n'ai rien fait, moi ! Je suis un gars tranquille… J'ai jamais eu d'histoires avec personne ! Vous pouvez demander à tout le monde ici !

— Ne vous inquiétez pas, monsieur Hamon, comme je viens de vous l'expliquer, c'est la procédure habituelle. Maintenant, si vous le voulez bien, l'un de mes hommes va vous reconduire à votre domicile. Vous êtes fatigué et il fait nuit noire.

Le lieutenant Hoffman fait signe à l'un de ses brigadiers qui se tiennent derrière lui. Le maréchal des logis-chef Blanchet prend aussitôt en charge le vieil homme, lui proposant son bras comme appui. De sa main tavelée, le septuagénaire saisit vigoureusement sa canne qui reposait contre un buisson et repousse le bras du gendarme tout en maugréant :

— Je n'ai pas besoin de vous ! Je suis encore capable de marcher tout seul !

Étrange attitude pour une personne qui paraissait éteinte quelques minutes plus tôt, songe le lieutenant Hoffman. Le sourcil levé, il regarde le vieil homme s'éloigner d'une démarche titubante. La procédure exigeait que le témoin soit soumis à des prélèvements ainsi qu'à un test d'alcoolémie. Mais, aux yeux du lieutenant, il ne fait aucun doute que Victor Hamon n'est pas l'homme qu'ils recherchent. Il n'en a ni la carrure ni le profil.

Au loin, sur le parking, on entend des éclats de voix. Le lieutenant se dirige alors d'un pas forcé vers la horde de journalistes, contenue tant bien que mal le plus à l'écart possible par plusieurs gendarmes. Après trente-cinq ans de carrière dans la grande muette, Arnaud Hoffman ne supporte plus la présence de ces ramasse-miettes. Il convient dans ce genre de situation de leur en dire le moins possible. En le voyant arriver au pas de charge, les journalistes reculent de leur propre chef, impressionnés. La réputation du chef de brigade n'est plus à faire dans la commune et ses environs : il ne passe pas pour un tendre avec les opportunistes de cette espèce. Il lui est arrivé de flanquer son poing dans la figure d'un chroniqueur zélé.

Le parquet de Nantes a été prévenu sur-le-champ, et les techniciens de la scène de crime officient déjà sur place, revêtus de leurs combinaisons blanches, charlottes, masques, gants et surchaussures. Maîtres absolus du théâtre du drame, ils sont les seuls habilités à pénétrer sur la zone, au même titre que le médecin légiste qui a été dépêché *ipso facto*.

Le gel des lieux a été effectué dès l'arrivée des gendarmes, à vingt heures cinq précisément. L'adjudant-chef Hadrien Velganni a établi un large périmètre à l'aide de la rubalise jaune et noire. Au centre, le corps de la victime apparaît dissimulé sous un immense drap. Le médecin légiste procède aux premières constatations, assisté par les techniciens.

Depuis l'endroit où il se trouve, Simon reconnaît instantanément l'énigmatique silhouette du docteur Bellanger. Étrange personnage que ce vieux médecin, toujours vêtu du même imperméable gris délavé, été comme hiver. Il lui rappelle l'inspecteur Columbo, tant par la démarche que par la voix. Son apparence débraillée ferait presque oublier qu'il excelle dans l'art de faire parler les cadavres. Son aide s'est souvent avérée précieuse dans le dénouement positif de nombreuses enquêtes criminelles de la région.

Deux immenses projecteurs sur pieds éclairent la scène du crime. Les silhouettes des médecins projettent au sol d'immenses ombres informes. Au second plan, seules les bandes rétroréfléchissantes des uniformes laissent entrevoir la présence des gendarmes stoïques, comme frappés de mutisme.

L'adjudant Simon Belfort ne peut détacher son regard du corps qui gît au sol. Absorbé par cette contemplation, il reste interdit, livide. À sa gauche, le maréchal des logis-chef Guillaume Blanchet, semble perdu dans de profondes réflexions. À sa droite se trouve l'adjudant Paul Landrin. Ce jeune gendarme efflanqué, aux cheveux jaunâtres et au visage anguleux, cherche un moyen de détendre l'atmosphère devenue trop pesante à son goût.

— Désolé pour ta soirée ; on a pensé que tu aimerais voir ça de tes propres yeux ! Tu te plaignais du manque d'affaires criminelles dans la commune. Eh bien là, je crois que tu vas être servi !

L'adjudant Belfort, blanc comme un linge, ne répond pas.

— Te rends-tu compte, Simon ? Un meurtre, ici, à Carquefou ! poursuit Landrin. On se croirait dans une de ces séries télévisées américaines. Ce n'est pas tous les jours qu'on voit ça par chez nous !

Aucune réaction. L'adjudant Belfort est cloué sur place.

— C'est toujours mieux que de décrocher un pendu dans un grenier ! Trois en quinze jours : une véritable épidémie. Il faut dire que la météo est particulièrement maussade en ce moment. Sale temps pour les dépressifs !

Gêné par le silence inhabituel de son collègue, l'adjudant Paul Landrin reprend plus sérieusement cette fois :

— Bref, tout ce qu'on sait pour le moment, c'est qu'il s'agit d'une jeune joggeuse, la vingtaine environ, blonde, mince, un joli brin de fille. On n'a retrouvé aucun document permettant de l'identifier, pas même un téléphone portable. On présume qu'elle en avait un au moment des faits, car il y avait des écouteurs à côté d'elle. Ils ont été mis sous scellés. Les techniciens ont observé également plusieurs empreintes partielles, mais les traces de pas sont de piètre qualité. Elles ne seront probablement pas exploitables à cause du gel ; sans compter que le témoin et son chien ont piétiné toute cette zone. On pourrait presque penser que le vieux a sciemment sabordé la scène du crime tant il y a de traces. Les prélèvements vont être envoyés au laboratoire dès ce soir. On devrait avoir les premiers résultats en fin de matinée.

L'adjudant Paul Landrin ménage une courte pause, la mâchoire à demi anesthésiée par la température négative. De petits nuages vaporeux s'échappent de sa bouche et de ses narines à chacune de ses paroles.

— Selon toute vraisemblance, le mobile du meurtre n'est pas l'agression sexuelle : la jeune femme a encore tous ses vêtements sur elle, sans désordre apparent. Nous avons ratissé toute la zone sur près de cinq cents mètres. Pas le moindre indice et, bien évidemment, pas la moindre trace de l'arme du crime. On étendra la zone de recherche dès demain matin, quand on y verra plus clair. Je me demande ce que…

Le maréchal des logis-chef Guillaume Blanchet l'interrompt brusquement :

— Attendez une minute ! D'après le médecin légiste, le corps présente deux plaies sur le haut de la tête… deux plaies bien différentes l'une de l'autre : la première, quoique très impressionnante, n'est pas mortelle. La deuxième, en revanche, n'a laissé aucune chance à la malheureuse, comme si… comme si le meurtrier avait dû s'y reprendre à deux fois pour la tuer. Or, la victime est de petite taille : 1,55 mètre environ pour 45 kilos. Un poids plume, en somme.

— Donc facile à neutraliser, complète l'adjudant Landrin. Il pourrait ainsi s'agir de l'œuvre d'un amateur…

— C'est ce que je pense, oui.

— Dans ce cas, même si les empreintes s'avèrent exploitables, nous n'avons aucune chance de le trouver dans nos fichiers… Ça ne va pas être facile de lui mettre la main dessus. Nous n'avons pas beaucoup d'indices…

Le gendarme Landrin pivote sur ses talons et observe les alentours d'un œil scrutateur.

— Vraiment étrange ce crime… murmure-t-il comme s'il se parlait à lui-même. Pourquoi avoir tué cette jolie blondinette ? S'est-elle trouvée au mauvais endroit, au mauvais moment ? Ou bien, le meurtrier l'attendait-il précisément ici, caché derrière l'un de ces arbustes ? À bien y réfléchir, ce lieu ne semble pas avoir été choisi complètement au hasard : regardez, les buissons permettent de se dissimuler aisément, alors que tout le reste du sentier en amont et en aval est parfaitement dégagé.

— Si c'est un néophyte, on ne peut que s'en réjouir : il y a fort à parier qu'il a commis quelques erreurs et laissé des traces d'ADN derrière lui. Mais bon, pour l'instant, on n'a absolument rien. On ne sait même pas comment s'appelle la victime. En même temps, les joggeurs partent rarement avec leurs papiers d'identité sur eux. Si l'on pouvait au moins mettre la main sur son téléphone portable !

Guillaume Blanchet se tourne brusquement vers Simon et claque des doigts sous son nez.

— Tu nous écoutes, là, ou bien tu dors sur place ?

*

Le lieutenant Hoffman fait signe aux trois gendarmes de passer sous la rubalise pour rejoindre le reste du groupe, rassemblé à présent autour du corps de la joggeuse. Les techniciens ont rangé leur matériel dans leurs mallettes grises et s'apprêtent à quitter les lieux. Hoffman demande à l'adjudant Belfort de retirer le drap qui recouvre le cadavre. Ils ne disposent que de très peu de temps : les employés des pompes funèbres ne vont pas tarder à mettre la dépouille de la jeune femme dans la housse mortuaire.

Simon prend une profonde inspiration ; il s'accroupit à côté de la victime et soulève le drap d'un geste lent, comme s'il craignait de réveiller la victime. Il se redresse subitement en réprimant un haut-le-cœur. Le lieutenant Hoffman pose alors la main sur l'épaule du jeune homme.

— Ce n'est pas beau à voir. Va falloir coincer le malade qui a fait ça !

Simon acquiesce d'un hochement de tête et se retourne, la face livide.

— Tu verras… Même avec des années d'expérience, on ne se fait jamais à ce genre d'horreur ! Crois-moi sur parole !

Simon tente vainement d'apaiser les tremblements qui le secouent telle une feuille. Une envie irrépressible de prendre ses jambes à son cou le saisit. Ses intestins se tordent en tous sens. Cela fait neuf ans qu'il est officier de police judiciaire, mais c'est la première fois qu'il est confronté à ce genre d'homicide.

Il se penche de nouveau auprès du cadavre et entreprend cette fois de retirer entièrement le drap d'un geste franc.

Après le dégoût, c'est la stupeur qui le frappe. Pas moyen de se soustraire aux regards interloqués de ses collègues qui lui font face. Il se redresse promptement et s'enfuit à grandes enjambées vers le parking. L'adjudant Landrin lui emboîte le pas tel un automate.

— Attends, Simon ! Qu'est-ce qui te prend ?

L'adjudant Belfort se retourne, l'œil hagard.

Il saisit son collègue par l'avant-bras, et l'entraîne un peu plus loin, derrière le local de location de canoës. Après quelques secondes, il parvient à articuler péniblement :

— Je la connais… Je connais la victime !

— Comment cela ?

— La fille qui est allongée là-bas… C'est Camille Marsan…

— Camille Marsan ? La petite blonde du Super U ?

Simon hoche le menton en signe d'acquiescement. Il porte les mains à ses tempes comme pour se protéger d'un mal invisible. De grosses gouttes de sueur perlent sur son front glacé.

— Oui, je me souviens… C'était en tout début d'année ; elle était venue déposer plainte. On lui avait piqué son sac à main dans sa voiture. Et alors ?

— Pour me remercier, elle m'avait proposé d'aller boire un verre à L'Atelier[5]. Nous nous sommes revus plusieurs fois, si tu vois ce que je veux dire…

— Oui, je vois, pas la peine de me faire un dessin !

— Qu'est-ce que je vais bien pouvoir dire au lieutenant ?

— Bah… Je te suggère de lui dire la vérité, tout simplement. Mais bon, tu n'es pas obligé de rentrer dans les détails. La bonne nouvelle, c'est que désormais on connaît l'identité de la victime.

Lorsque les deux militaires rejoignent le groupe, les visages sont interrogateurs. L'adjudant Belfort fixe ses rangers. Il ne parvient pas à trouver les mots pour annoncer au lieutenant qu'il connaissait intimement la victime. Sans même lever le nez, il sent

5. Brasserie située à Carquefou, point de rendez-vous incontournable de la place de l'église.

que l'adjudant-chef Velganni l'observe de ses yeux sombres, ce qui ne fait que renforcer son embarras. Le médecin légiste achève de ranger son matériel dans sa mallette, puis sort de la poche de son imperméable un petit carnet de notes.

— Bien, Messieurs… Alors, voilà ce que je peux vous dire pour le moment. Cette jeune femme a non seulement dû voir sa dernière heure arriver, mais aussi son assassin, si on se réfère aux plaies situées sur le devant du crâne. Compte tenu des rigidités cadavériques observées sur les membres inférieurs, je dirais que la mort est survenue aux alentours de dix-huit heures trente. L'autopsie permettra de définir plus précisément l'heure du décès.

Le docteur Bellanger, peu avare de détails, se lance alors dans une explication animée.

— Elle a été tuée sur place, ici même, à l'endroit où nous nous trouvons. Le corps n'a pas été déplacé, comme l'atteste le sang répandu de part et d'autre du cadavre. La victime a été frappée à deux reprises, mais c'est le second coup porté qui a provoqué le décès immédiat. Nous pouvons en effet observer sur le haut du crâne une contusion de quatrième catégorie avec un enfoncement de trois centimètres de long et deux centimètres de large. Enfoncement sans doute causé par un coup violent porté à l'aide d'un objet contondant, type marteau de petite taille. Le crâne est en partie fracturé et des fragments osseux adhèrent à la plaie via le cuir chevelu. Cette blessure a occasionné une hémorragie cérébrale qui a entraîné une perte de connaissance immédiate. La violence du coup laisse penser que l'assassin était assez fort ou du moins… très déterminé à achever cette jeune personne ! Bref, un vrai massacre, il n'y a pas d'autre mot pour qualifier ce crime ! Dernière précision : curieusement, je n'ai pu relever aucune trace d'oxydation ni aucun fragment quelconque au niveau des deux plaies : je puis donc affirmer avec certitude que l'arme du crime était neuve ou entretenue avec un soin remarquable. J'ignore si cette dernière précision vous sera d'une quelconque utilité…

Le docteur Bellanger consulte le cadran de sa montre, puis range son carnet de notes dans la poche intérieure de son imperméable.

— Bien… Je vous donnerai davantage de précisions demain matin. Je sens que la nuit va être longue… très longue ! Je vous laisse, Messieurs, c'est à vous de jouer maintenant !

Chapitre IV
L'inspiration créatrice

Samedi 9 décembre, 20 h 30

Vue de l'extérieur, la caserne de Carquefou ressemble à une sorte de mégalithe hors d'âge : trois immenses blocs de béton uniformes trônent au milieu de la cour. Seule l'antenne gigantesque, dressée vers le ciel comme une épée, annonce la fonction du lieu et lui confère une dimension héroïque. Les grilles qui l'entourent, grignotées par l'oxydation due au mauvais temps, paraissent n'être là que pour retenir les gendarmes.

Amandine gravit l'escalier en colimaçon qui mène au deuxième étage du bâtiment abritant les logements de fonction.

Elle ne peut réprimer une réflexion intérieure. Comment des hommes censés défendre la justice et l'honneur de la nation font-ils pour vivre avec leurs familles dans de pareils taudis ? Ici, tout respire l'abandon et le manque de budget : les murs transpirent la honte, recouverts de vieilles tapisseries crasseuses et moisies par endroits. Le carrelage émaillé et jauni agonise, comme livré à lui-même. Les HLM de la banlieue nantaise n'ont vraiment rien à envier à cette caserne.

Le logement de fonction de l'adjudant Belfort a miraculeusement échappé à cette déchéance programmée. Simon a tout refait, du sol au plafond, et à ses frais bien entendu. La déco intérieure est certes spartiate, mais l'air est ici enfin respirable.

Amandine entre à pas de loup dans le salon. La voix inclassable de l'adjudant Belfort lui parvient depuis la salle de bains. Il chante atrocement faux, mais peu importe, elle ressent une joie intense en l'écoutant.

— Simon, c'est moi… Amandine. Je me suis permis d'entrer : la porte était entrouverte. J'espère que tu ne m'en veux pas…

— Installe-toi sur le canapé. J'arrive dans deux petites minutes.

La jeune femme en profite pour jeter un rapide coup d'œil dans les pièces attenantes au salon. Comme à l'accoutumée, la chambre de Simon est impeccable, rangée, le lit au carré. D'ordinaire, celles des hommes qu'elle fréquente sont jonchées de vêtements sales.

Une bouteille de whisky vide ainsi que deux verres attirent son attention sur le plan de travail de la cuisine. Elle s'en approche et constate la présence de traces de rouge à lèvres sur l'un d'entre eux. Son cœur se serre d'un coup sec et brutal.

D'un pas lent, elle se dirige vers le salon.

Son inquiétude redouble d'intensité lorsqu'elle voit un carré de soie bleu et rose reposant sur le dossier de l'une des chaises en bois. Amandine le porte instinctivement à son visage. L'étoffe dégage un discret parfum de vanille. L'odeur ne lui est pas familière. Cette fois, son cœur se met à battre la chamade, le sang lui monte aux joues.

Quand Simon pénètre dans le salon, une serviette-éponge nouée autour de la taille, il ne peut s'empêcher de sourire en voyant que son amie a pris ses aises.

Elle s'est installée confortablement dans le canapé en cuir noir après avoir retiré ses hauts talons. Les pieds nus posés sur la table basse, elle tient le journal d'une main distraite, tandis que de l'autre, elle enroule ses longues boucles brunes autour de ses doigts fins.

Adossé contre le montant de la porte, il l'observe en silence.

Son visage au charme indéniable paraît presque angélique. Sa silhouette très féminine se dessine sous une élégante robe noire fendue sur le côté. Il faudrait être difficile ou aveugle pour ne pas succomber aux attraits de cette femme ! Pourtant lorsque Simon songe à elle, c'est avant tout avec une immense tendresse.

Amandine affiche une décontraction absolue, bien qu'au fond d'elle-même, un tout autre sentiment l'anime sournoisement.

— Désolé de t'avoir fait attendre, Amandine, s'excuse-t-il en s'approchant du canapé.

Surprise de ne pas l'avoir entendu pénétrer dans la pièce, la jeune femme se lève d'un bond et s'empresse de claquer un baiser sur sa joue rasée de près. Le sourire forcé qu'elle lui adresse ne passe pas inaperçu. Simon fronce les sourcils.

— Tout va bien, Amandine ? Tu as l'air contrariée.

— Oui, oui, je vais bien… assure-t-elle ; c'est juste que je viens de lire un article dans *Ouest-France* qui m'affecte.

— De quoi parle-t-il ?

— Du meurtre de Port-Jean. Ce doit être atroce pour les parents de la victime. La photo de leur fille figure en première page. Tu te rends compte ? Les journalistes ne reculent vraiment devant rien, ils ne respectent pas la douleur des proches en de pareilles circonstances.

Tandis qu'Amandine agite le quotidien sous les yeux du militaire, il s'en empare d'un geste vif et le jette sur la table basse.

— Je t'offre quelque chose à boire ?

Sans attendre de réponse, il se lève et disparaît dans le couloir.

— Dis-moi, Simon, j'ai remarqué qu'il y avait une bouteille de whisky dans l'évier. Est-ce celle que je t'ai offerte la semaine dernière ?

Aucune réponse en provenance de la cuisine.

— Simon ? Je sais que tu m'as entendue. Ne me dis pas que tu l'as déjà vidée… Tu avais promis de ne pas replonger.

— C'est bon, Amandine, je n'ai pas besoin que tu me fasses la morale, pas ce soir, je t'en prie !

De retour dans la pièce avec un plateau chargé sur les bras, le militaire s'est refait un visage beaucoup plus avenant, presque souriant. Il dépose sur la table une bouteille de Martini ainsi que deux verres qu'il remplit à ras bord. Ses doigts tremblent nerveusement.

Amandine, debout près de la baie vitrée, observe un groupe d'enfants qui s'amusent sur l'aire de jeux de la caserne. L'un d'entre eux tient en laisse un petit chien au pelage fauve. Elle reconnaît immédiatement le fidèle compagnon de Simon.

— On dirait que Billy a trouvé une petite maîtresse.

Simon la rejoint près de la fenêtre.

— Oui, Juliette s'en occupe parfois après l'école. Elle rêve d'en avoir un à elle. En attendant, ça m'arrange bien qu'elle le promène de temps à autre.

— Dis-moi, Simon, ta mère est passée te voir aujourd'hui ?

Simon fronce les sourcils. D'un geste du menton, elle lui indique le foulard qui se trouve sur le dossier de la chaise.

Embarrassé, il détourne le regard.

— Ne me dis pas qu'elle est encore venue faire ton repassage…

Après un court silence, elle ajoute :

— Qui ne dit rien consent… conclut-elle d'un air faussement enjoué. Tu n'as pas honte d'exploiter ta pauvre maman ? À son âge, tu devrais la ménager. Si tu as besoin, je me ferai un plaisir de t'aider. Après tous les services que tu me rends, je te dois bien cela.

— Pour ne rien te cacher, je ne l'ai pas vue depuis un bon moment, avoue-t-il. Il faudrait que je prenne le temps de l'appeler. Je croule sous une montagne de dossiers au bureau, sans parler de l'enquête criminelle qui est en cours. Je ne sais plus où donner de la tête. Je cours après le temps…

— Oui, c'est ce que je vois, dit-elle d'un ton malicieux : tu n'as même plus une chemise à te mettre sur le dos. Mais cela n'est pas pour me déplaire, déclare-t-elle d'une voix suave en s'approchant très près du militaire.

Les bras croisés sur son torse nu, Simon sent glisser sur lui le regard de velours de la jeune femme. Elle est si proche de lui qu'il perçoit la chaleur de son corps à travers l'étoffe de sa robe. À moins qu'il ne s'agisse des effets de l'alcool. Les deux verres qu'il vient de boire en compagnie de la jeune femme, ajoutés à ceux qu'il avait absorbés après le travail, commencent à se faire sentir.

Le regard de Simon devient de plus en plus brillant. De son index, Amandine effleure délicatement le contour de la serviette qui entoure les hanches étroites du militaire.

Un long frisson parcourt son échine. Simon s'écarte vivement.

— Je vais passer un jean et un tee-shirt avant d'attraper froid, annonce-t-il d'une voix rauque.

Il disparaît instantanément dans le couloir, les lèvres pincées, gêné d'avoir été tenté l'espace d'un instant par les charmes attrayants de son amie.

*

— Non, mais, Amandine, tu veux vraiment que je te parle de l'enquête ce soir ? On ne pourrait pas plutôt regarder un film ? J'ai besoin de me changer les idées, de me vider la tête ! Tu peux comprendre ?

— Simon ! Tu as promis de m'aider. Je vais enfin pouvoir commencer à écrire. Je sens que l'inspiration créatrice est là, toute proche; c'est pourquoi je dois saisir cette occasion.

— Qu'est-ce que tu veux que je te dise au juste?

— Tout! Je veux tout savoir, dans les moindres détails. On va reprendre toute la chronologie des faits, depuis ton départ de chez moi, de jeudi soir jusqu'à aujourd'hui: ton arrivée sur les lieux du crime, la position du corps, les témoins et, bien entendu, les principaux suspects.

L'adjudant soupire bruyamment et se cale dans le canapé, un bras passé derrière les épaules d'Amandine.

La journée a été longue et pénible. Il n'a pas eu une minute pour se poser, et la nuit, pas moyen de trouver le sommeil: l'image de Camille ensanglantée le poursuit inlassablement.

— Je n'y connais rien en enquête judiciaire. Mon job, c'est d'organiser des voyages, de faire en sorte que la vie des gens soit plus douce! Les histoires de meurtres, je les lis dans les romans policiers, alors que toi, tu les vis sur le terrain, en direct. Je veux écrire au plus près de la vérité. Donner l'illusion aux lecteurs que l'histoire s'est réellement déroulée. Tu vois ce que je veux dire? On en a déjà discuté et tu étais d'accord…

Simon acquiesce d'un timide hochement de tête. Après tout, si ça peut lui faire plaisir, pourquoi pas. D'autant que ce pourrait être une expérience enrichissante pour lui aussi.

— OK, c'est bon, je capitule!

Amandine sort aussitôt de son sac à main un carnet de notes, un stylo noir, et un dictaphone numérique qu'elle pose sur la table basse.

Simon siffle longuement entre ses dents quand il la voit sortir tout cet attirail.

— Ah oui! Quand même! C'est un véritable interrogatoire qui m'attend: dois-je prendre un avocat?

— Aurais-tu quelque chose à te reprocher? Des secrets à cacher?

Le regard de Simon s'assombrit subitement, son visage devient blême.

— Allez, Simon, détends-toi un peu. Assez perdu de temps, on commence par le coup de fil que tu as reçu chez moi, jeudi dernier. Si mes souvenirs sont exacts, il était précisément 21 heures…

*

— Es-tu bien certain de n'avoir rien oublié d'important? Il faut que je sois très attentive au moindre détail!

— Non, je pense t'avoir tout dit. L'enquête suit son cours. D'ailleurs, j'aimerais que tu n'ailles plus du côté de Port-Jean. Je sais qu'il t'arrive parfois de courir au bord de l'Erdre avec ton amie Emmanuelle. Évite cet endroit pendant quelques semaines, juste le temps de mettre la main sur l'assassin.

Simon ménage une courte pause, comme perdu dans ses pensées.

— Le soir même du meurtre, j'ai dû aller annoncer la mort de Camille Marsan à ses parents: leur souffrance était incommensurable. Je n'ai pas su trouver les mots. Je leur ai fait la promesse de tout mettre en œuvre pour coincer le meurtrier de leur fille. Depuis, je ne dors quasiment plus: je tiendrai parole quoi qu'il m'en coûte ! La mère de la victime nous a tout de suite mis sur la piste de l'ex-petit ami de sa fille, un certain Jérémie Rousseau. Il aurait mal vécu leur récente rupture. Ce n'est visiblement pas un enfant de chœur : il a souvent malmené la jeune femme lorsqu'ils étaient en couple. C'est précisément pour cette raison qu'elle l'avait quitté. La mère de la victime nous a aussi révélé que Camille… Camille Marsan se sentait suivie.

— Dis-moi, tu connaissais la victime ? Je veux dire… Était-elle déjà venue à la brigade déposer plainte pour les mauvais traitements que lui infligeait son petit ami ?

Simon détourne le regard.

— Non… mais les parents de la jeune femme avaient déjà fait plusieurs signalements. L'individu est bien connu des services de police. Ce n'est pas un tendre, si tu vois ce que je veux dire.

— Eh bien, c'est une bonne nouvelle ! Vous avez déjà dû interpeller son ex-petit ami ? s'enthousiasme la jeune femme.

— Malheureusement, non : il demeure introuvable. Personne ne l'a vu chez lui et il ne s'est pas présenté à son travail depuis mercredi dernier. Il est agent d'entretien dans une salle de sport, à Elancia. Tu connais cet établissement ?

— Oui, j'y suis inscrite aussi. Il y a un mois, j'ai reçu une offre d'essai et je me suis dit que pour l'hiver, ce serait une bonne idée de faire du sport à l'abri du mauvais temps. Regarde, mes efforts commencent déjà à payer : tu as vu ces biceps ? ironise-t-elle en montrant ses bras.

Simon esquisse un pâle sourire puis poursuit ses recommandations.

— Évite d'y aller, du moins pendant quelques jours. Le suspect avait rencontré Camille précisément dans cette salle de sport. Tu les as déjà peut-être même croisés là-bas tous les deux. Camille est… était une jeune femme très sportive ; elle s'y rendait régulièrement.

— La photo que je viens de voir en première page ne me dit rien du tout, et crois-moi, je suis plutôt physionomiste : en général, il me suffit de voir une personne une seule fois et je suis capable des années plus tard de poser un nom sur un visage ! C'est prodigieux, non ?

— Tu ferais une bonne enquêtrice, alors.

— Sûrement… Mais, dis-moi, Simon, comment allez-vous faire pour retrouver le suspect ? Avez-vous mis au point des stratégies imparables pour le faire sortir de sa tanière ?

— Pour le moment, nous effectuons une enquête de voisinage et nous tentons de géolocaliser son téléphone portable.

— C'est contraire au droit à la vie privée, non ? J'ai récemment lu un article à ce sujet.

— Oui, mais là, en l'occurrence, nous sommes dans le cadre d'une enquête judiciaire. Bien, voilà… Tu sais tout, à présent. Excepté peut-être un petit détail…

Intriguée, Amandine relève le nez de son carnet de notes.

— Ah oui, lequel ?

— Eh bien, l'information n'a pas encore été divulguée à la presse, mais il s'avère que le meurtrier a commis un impair : il aurait emporté avec lui le téléphone de sa victime. Les techniciens ont lancé une procédure afin de le tracer. S'il l'a effectivement conservé avec lui, on va le retrouver assez vite. C'était bien la peine de prendre mille précautions pour se faire avoir avec un simple portable ! Il ne doit pas être bien futé !

— Pourquoi dis-tu qu'il a pris « mille précautions » ?

— Le laboratoire nous a confirmé que le meurtrier portait des surchaussures pour ne pas laisser d'empreintes de pas sur le chemin de terre. Je présume que l'assassin avait la panoplie complète du parfait assassin pour ne laisser aucune trace ADN derrière lui. De nos jours, il est très facile de se renseigner : si tu veux mettre au point un crime parfait, il te suffit de surfer sur le Darknet.

Amandine fronce les sourcils.

— Des surchaussures ? Ça ressemble à quoi exactement ?

— Enfin, Amandine, tu as une mémoire de poisson rouge !

L'adjudant Belfort se lève promptement du canapé et ouvre le dernier tiroir de la commode en bois laqué. Il brandit une boîte rectangulaire blanche, exempte de toute inscription.

— Je t'en ai déjà montré ; tu ne te souviens pas de cette boîte ?

— Ah oui, c'est vrai ! Maintenant que tu me le rappelles… Je m'étais moquée de toi quand tu m'avais avoué que tu les portais par-dessus tes rangers afin de ne pas salir le sol de ton appartement. Pas très sexy, mais sûrement efficace.

— On les utilise pour ne pas contaminer les scènes de crime… De toute évidence, le meurtrier s'en est procuré lui aussi. Dès lors, cela ne fait aucun doute : le crime a été prémédité. Bien… C'est bon, là ? Je t'ai absolument tout dit sur l'affaire ; je suis lessivé.

— Ça devrait aller… Du moins, pour le moment.

Amandine jette un œil sur son portable et s'empresse de ramasser toutes ses affaires dans son sac à main.

— Il est déjà tard ; il faut que tu te reposes. Je sais que tu dois te lever tôt demain matin. Ce ne serait pas raisonnable de t'importuner plus longtemps. De mon côté, je vais tout de suite me mettre au travail. J'ai largement de quoi écrire quelques chapitres avec toutes les informations que tu viens de me donner. Je sens que l'inspiration est là, alors il serait bien dommage de ne pas saisir cette occasion en or !

— Comme tu veux, Amandine. Je te raccompagne jusqu'à ta voiture. On ne sait jamais…

— C'est gentil de me le proposer, mais ce n'est absolument pas nécessaire, Simon. Ne t'inquiète pas pour moi, ma Clio est garée dans la cour juste en bas et je ne sors jamais sans ma bombe lacrymogène. Je ne tiens pas à être la prochaine victime ! Ce serait le comble de l'ironie si le meurtrier de Port-Jean décidait de s'en prendre à moi. Tu aurais une nouvelle enquête à résoudre…

— Ne dis pas de bêtises, Amandine ! S'il t'arrivait malheur, je crois bien que je ne m'en remettrais pas. Ton imagination est débordante à ce que je vois. Garde-la pour ton roman policier ! Envoie-moi tout de même un SMS dès que tu seras rentrée chez toi. Je serai plus rassuré.

Chapitre V
Un jardin secret

Lundi 11 décembre, 8 heures

Branle-bas de combat à la brigade de Carquefou ce matin. Le lieutenant Hoffman a convoqué cinq de ses hommes.

Objectif : faire le point sur l'affaire Camille Marsan. Le parquet de Nantes leur a laissé carte blanche pour résoudre ce crime sordide. Dimitri Vendeuvre, le procureur de la République, est convaincu qu'il ne s'agit là que d'une simple querelle d'amoureux qui a mal tourné.

Pour le lieutenant Hoffman, ce sera la dernière enquête criminelle. Ses hommes ne sont pas encore au courant, mais il a bien l'intention de raccrocher son képi d'ici quelques semaines. Une retraite bien méritée ! Trente-cinq ans de bons et loyaux services. Pas la moindre anicroche.

Rassemblés autour de la grande table ovale de la salle de réunion : l'adjudant-chef Hadrien Velganni, les adjudants Simon Belfort et Paul Landrin ainsi que le maréchal des logis-chef Guillaume Blanchet écoutent leur supérieur dans un silence quasi solennel.

Tout en rappelant les événements avec force détails, le lieutenant Hoffman passe en revue les photos prises sur place par les techniciens, le soir du meurtre. Le vidéoprojecteur émet un sifflement strident qui met les nerfs de Simon à rude épreuve. Il se serait bien passé de cette projection de clichés aussi pénibles les uns que les autres. La vue du cadavre de Camille lui est insoutenable.

Le lieutenant Hoffman rapporte les faits avec une froideur implacable. De temps à autre, il jette un œil en direction de son jeune protégé. Il garde à l'esprit le comportement de Simon le soir de la découverte du cadavre de Camille Marsan. Il s'en était voulu de lui avoir demandé de soulever le drap mortuaire. D'autant qu'il connaît parfaitement bien l'affection dont souffre le jeune militaire. Suite au traumatisme lié au décès de son père, Simon est devenu hématophobe : cette peur du sang se traduit par des symptômes plus ou moins visibles : accélération du rythme cardiaque, sueurs intenses. Parfois, cela peut aller jusqu'à l'évanouissement. Cette phobie est difficilement compatible avec le métier de gendarme, mais jusqu'à présent, l'adjudant Belfort avait réussi à dépasser ses peurs.

À la vue du dernier cliché, Simon prend une profonde et bruyante inspiration. Tout ce sang projeté sur le mur blanc de la salle de réunion transformé pour l'occasion en écran géant, c'est bien plus qu'il n'en peut supporter ce matin.

Son rythme cardiaque s'accélère, des perles de sueur envahissent progressivement son front. Un voile opaque passe devant ses yeux. Puis tout devient noir.

*

Quand Simon reprend connaissance, il distingue entre ses paupières mi-closes le visage amical de son jeune collègue. L'adjudant Paul Landrin, un verre d'eau fraîche dans une main, une serviette humide dans l'autre, lui adresse un sourire réconfortant.

— Eh bien, mon vieux ! Tu as encore des bouffées de chaleur ?

Simon met quelques minutes à émerger du brouillard, puis réalise qu'il est allongé sur le carrelage de la salle de réunion, les pieds relevés sur un tabouret bancal. Les fenêtres du bureau ont été ouvertes en grand pour ventiler la pièce le plus rapidement possible. Un long frisson parcourt son échine : le contact avec le carrelage lui glace le sang.

Une ombre hostile se penche soudainement au-dessus du visage de Simon. L'adjudant-chef Velganni, un rictus au coin des lèvres, affiche un air dubitatif.

— Des bouffées de chaleur, fillette ? Mon œil ! L'adjudant Belfort a surtout trop bu hier soir et rien avalé ce matin au petit-déjeuner ! Faudrait qu'il songe sérieusement à lever le pied sur la bouteille !

*

Quelques minutes plus tard, le lieutenant Hoffman reprend le fil de la réunion, comme s'il ne s'était rien passé. Il évoque très succinctement le rapport du médecin légiste qui, cette fois, n'aura rien éclairé du tout ; il ne fait que confirmer tout ce que les enquêteurs savent déjà. Le docteur Bellanger a ajouté quelques mots manuscrits en bas de page : « *Un crime parfait, digne d'un assassin particulièrement consciencieux, voire maniaque !* » Il n'a pu relever aucun indice probant, pas la moindre fibre permettant de remonter jusqu'au meurtrier. L'arme du crime s'avère être un simple marteau, comme il en existe des milliers dans la région. Sur ce point, le médecin légiste est formel.

Le lieutenant Hoffman laisse ensuite la parole à l'adjudant-chef Hadrien Velganni. Ce dernier se relève de sa chaise. Sa silhouette massive se projette alors sur le mur, telle une ombre menaçante.

— Notre principal suspect, Jérémie Rousseau, est agent d'entretien à Elancia, une salle de sport de la commune. Je suppose que vous la connaissez tous. Ce jeune homme fréquentait la victime depuis plus de deux ans. Profil psychologiquement instable.

Simon n'écoute déjà plus les paroles de l'adjudant-chef Velganni tant ce dernier l'insupporte au plus haut point. La voix caverneuse de son collègue semble lui parvenir des profondeurs de l'abîme. Il se laisse glisser dans les méandres de ses pensées.

*

Simon se souvient du soir du meurtre de Camille…

Le lieutenant Hoffman lui avait demandé de se rendre au domicile des parents, accompagné de l'adjudant-chef Velganni. Aucun manuel de police n'explique comment endosser le costume du messager funèbre.

La porte d'entrée s'était entrouverte sur les visages inquiets de monsieur et madame Marsan. Leur fille, Camille, n'avait pas donné signe de vie depuis son départ de leur domicile.

En apercevant les deux agents en uniforme droits comme des i, leurs faces s'étaient instinctivement déformées sous le poids d'une douleur indicible. Simon et Hadrien étaient restés quelques secondes sur le palier, interdits, comme frappés de mutisme. Les mots chargés de douleur tourbillonnaient dans leurs têtes à un rythme infernal, mais aucun ne parvenait à sortir de leur bouche. Monsieur et madame Marsan leur faisaient face dans l'encadrement de la porte, silencieux, les yeux écarquillés. C'est la mère qui avait rompu le silence d'un cri déchirant venu du plus profond de ses entrailles.

L'annonce était tombée comme un couperet, brutale, incisive, irrévocable. Madame Marsan s'était évanouie dans les bras de son mari.

Dès que les parents de la jeune femme avaient été en mesure d'articuler quelques mots, ils avaient désigné Jérémie Rousseau comme étant le coupable incontesté.

À plusieurs reprises, il avait levé la main sur leur fille. Camille l'avait défendu à chacune de ses crises de colère en alléguant qu'il n'était plus vraiment lui-même à ce moment-là : il était fatigué, il avait trop bu ou bien il était sous l'emprise de stupéfiants.

Cela faisait des mois que monsieur et madame Marsan tremblaient pour leur fille.

Sa mère n'avait eu de cesse de lui répéter: « Quitte-le avant qu'il ne t'arrive un grand malheur ».

Elle lui avait d'ailleurs fait lire plusieurs articles de presse. Les statistiques sont édifiantes: en France, une femme meurt toutes les quarante-huit heures sous les coups de son conjoint. Et on ne parle que très rarement de celles qui sont séquestrées, battues ou sauvagement mutilées. Mais sa fille restait sourde à ses mises en garde.

Enfin, le mois précédent, après trois côtes fêlées et un traumatisme crânien, Camille s'était résolue à quitter son tortionnaire.

Simon avait rencontré la jeune femme en début d'année, entre deux disputes du couple. Il avait pu constater de ses propres yeux les mauvais traitements infligés à la jeune femme. Elle portait sur son corps frêle les stigmates de cette liaison toxique. Elle lui avait fourni les mêmes explications lorsqu'il avait découvert avec stupeur sa peau blanche constellée d'ecchymoses. « Ce n'est rien, mon ex me prenait pour un punching-ball quand il avait fumé. »

Comment une femme peut-elle supporter, pire, justifier l'inacceptable?

La réponse tient en un mot: l'emprise.

Les scientifiques et les psychiatres s'accordent à dire aujourd'hui que les femmes battues subissent littéralement un « lavage de cerveau », sorte de mécanisme pervers et complexe qui entraîne une perte des repères. Les victimes ne parviennent plus à discerner le bien du mal et deviennent dépendantes de leur bourreau.

Simon avait tenté de la sortir de ce piège infernal. En vain, elle était retournée dans les bras de son tortionnaire.

Grâce au soutien de sa famille et de ses amis, Camille venait tout juste d'ouvrir les yeux…

Pour les refermer définitivement.

*

— À ce jour, Jérémie Rousseau demeure introuvable. Nous mettons tout en œuvre pour le localiser.

L'adjudant-chef Velganni s'interrompt quelques secondes pour regarder Simon. Ce silence a pour effet immédiat de le tirer brutalement de ses pensées. Les visages interrogateurs de ses collègues sont tournés dans sa direction.

Contrit, Simon détourne les yeux.

Hadrien Velganni laisse échapper un profond soupir d'agacement et reprend le fil de ses explications.

— Nous avons laissé plusieurs messages sur son portable ainsi que sur son téléphone fixe. La perquisition à son domicile s'est avérée infructueuse. Mis à part quelques joints mal dissimulés çà et là dans son appartement, ainsi qu'une belle somme d'argent en liquide laissée en évidence sur la table de la cuisine, nous n'avons rien trouvé de probant.

— Le suspect a-t-il de la famille dans les environs ? interroge l'adjudant Paul Landrin.

— Non, pas à notre connaissance. Les parents du suspect vivent dans un petit village nommé Vercuères, près d'Aurillac. Mais ils n'ont pas vu leur fils depuis près de deux ans. Pas le moindre coup de fil pour prendre de leurs nouvelles. Il a résolument coupé les ponts avec eux, ainsi qu'avec tout le reste de sa famille. Le père n'a pas été surpris par notre appel téléphonique ; depuis l'adolescence, leur fils a eu de nombreux démêlés avec la justice.

L'adjudant-chef Velganni s'empare de l'extrait du casier judiciaire de l'intéressé et le passe en revue.

— Dégradation du mobilier urbain, usage de stupéfiants, agression à l'arme blanche, bref, ce n'est pas un enfant de chœur ! Nous avons confié son ordinateur portable aux soins des experts. Ils ne devraient pas tarder à nous transmettre les premières données, lesquelles je l'espère, nous permettront d'en apprendre davantage sur cet énergumène.

— Sur ce point, reprend le maréchal des logis-chef Blanchet, nous pouvons être confiants : j'ai suivi une formation à Nantes le mois dernier, justement dans cette unité spécialisée. La plupart des gens n'imaginent pas ce que peut révéler l'examen d'un smartphone ou d'un ordinateur. Chaque internaute a, qu'il le veuille ou non, une identité numérique, mais très peu en maîtrisent les usages.

— C'est certain et il est bien dommage que nous n'ayons pas pu mettre la main sur le portable de la victime ! À ce sujet, madame Marsan est formelle : sa fille l'avait bien emporté avec elle le soir de l'agression. La présence des écouteurs retrouvés à côté du cadavre corrobore cette déclaration.

L'adjudant Landrin lève les bras au ciel en signe d'impuissance.

— Alors, il ne nous reste plus qu'à prier pour que les techniciens puissent géolocaliser le mobile.

— Malheureusement pour nous, il n'émet plus aucun signal. Le meurtrier devait savoir qu'on ne peut pas localiser un téléphone portable éteint.

La réunion touche à sa fin. L'adjudant Belfort n'a pas desserré les lèvres durant tout ce temps. Une envie soudaine de prendre la parole s'empare de lui. Un détail lui est revenu en mémoire, détail qui pourrait être important pour le déroulement de l'enquête. Camille lui avait confié que Jérémie faisait pousser de l'herbe chez l'une de ses vieilles tantes résidant dans le quartier du Charbonneau. La jeune fille lui avait fait promettre de ne rien dire à ce sujet, car elle craignait les représailles : elle seule était au courant de ce petit trafic.

L'adjudant-chef Velganni l'observe du coin de l'œil depuis de longues minutes. Ce n'était pas la première fois que Simon avait cette sensation étrange d'être épié de l'intérieur. À chacune de ces manifestations, ses craintes s'étaient avérées fondées. L'adjudant-chef Velganni détenait-il le pouvoir de lire en lui comme dans un livre ouvert ?

— Simon, tu as quelque chose à ajouter peut-être ?

Encore une fois, Simon ne s'était pas trompé ! Rassemblant son courage, il se décide à prendre la parole. Tous les visages se tournent dans sa direction.

— J'ignore si cela peut nous aider à retrouver Jérémie Rousseau, mais je crois savoir que l'une de ses tantes réside dans la commune. Elle habite dans le quartier du Charbonneau, non loin de la clinique vétérinaire. Selon mes sources, il entretient le jardin de sa parente et en profite pour y faire pousser du cannabis. L'argent retrouvé chez lui vient probablement de la vente.

La réaction de l'adjudant-chef est immédiate.

— D'où tiens-tu une telle information ? Laisse-moi deviner… Une confidence sur l'oreiller ? Ça devient une habitude de nous donner des informations importantes au compte-gouttes. Déjà jeudi soir, tu as mis un temps infini à nous avouer que tu connaissais l'identité de la victime. Tu nous fais perdre un temps précieux !

Simon décoche un regard noir à l'adjudant-chef Velganni. Ce dernier ne rate jamais une occasion de l'humilier devant les collègues. Il suppose que grâce à son détracteur, toute la brigade doit savoir à présent qu'il connaissait intimement la jeune victime. La nouvelle a dû se répandre comme une traînée de poudre. Pas étonnant que tous les collègues le dévisagent ainsi dans les couloirs.

Conscient d'avoir atteint son but, Hadrien surenchérit, le regard triomphant.

— Oh moi, je dis ça, je dis rien…

Simon se dresse sur ses jambes, les poings serrés, rouge de colère.

— Justement, ferme-la ! Je ne pense pas que ta conduite soit exemplaire non plus !

Le lieutenant Hoffman s'interpose physiquement pour les séparer.

— Messieurs ! Un peu de sérieux, je vous prie ! Vous réglerez vos différends à un autre moment. Belfort, il nous faut impérativement l'adresse de la tante du suspect ! Je ne veux pas savoir comment, ni pourquoi, ni par qui vous l'avez obtenue, mais il nous faut cette information ! Et tout de suite !

Chapitre VI
Une étrange coïncidence

Lundi 11 décembre, 10 h 15

Toutes sirènes hurlantes, deux véhicules de la gendarmerie filent à toute allure à travers les rues étroites de Carquefou. Les fenêtres des pavillons s'ouvrent sur le passage du convoi, tandis que les automobilistes mordent sur les trottoirs pour leur ouvrir la route. Les petites mamies, installées sur le banc près du grand marronnier, ont à peine le temps de voir passer les faisceaux bleu et or qui fendent l'asphalte.

Parvenu à hauteur du vieux cimetière, le cortège lancé à pleine vitesse vire brusquement à droite, puis à gauche en direction de la piscine municipale. Les Peugeot Partner poursuivent leur course folle vers le parc du Charbonneau : ce lotissement d'ordinaire si paisible vient de basculer dans l'horreur.

Un coup de fil aura suffi, et c'est tout un quartier qui se met à trembler. À dix heures cinq précisément, les gendarmes avaient reçu un appel téléphonique ; à l'autre bout du fil, une femme désespérée hurlait.

La voix frisait l'hystérie, pleurant et suppliant tout à la fois. Il était quasiment impossible pour le brigadier de l'accueil de saisir le motif de cet appel. Des phrases incohérentes, entrecoupées par des cris et des gémissements quasi inhumains. Seule certitude, c'était un appel à l'aide.

Il fallait réagir vite !

— Calmez-vous, madame, quel est votre nom ?

Un silence de plomb.

Puis, une profonde inspiration. L'interlocutrice se reprend peu à peu, et parvient enfin, dans un français approximatif, à délivrer les informations nécessaires au déclenchement des secours.

— Madame Solsona, écoutez-moi, les ambulances sont déjà en route. Respirez calmement et surtout, restez en ligne avec moi. Mes collègues ne vont pas tarder. Ils seront là d'une minute à l'autre. Peut-être les entendez-vous déjà ?

Dans le Partner de tête, Simon a pris place côté passager. Enfoncé dans le siège, les bras cramponnés aux accoudoirs, il subit la course effrénée du bolide, ballotté de gauche à droite puis de droite à gauche.

Son jeune collègue, Paul Landrin, les doigts crispés sur le volant, les yeux rivés droit devant lui, paraît comme possédé ! Si Paul avait daigné jeter un regard sur son équipier, il aurait probablement stoppé net le véhicule.

Simon, la face livide, serre les dents à s'en décrocher la mâchoire. Pourvu que son petit-déjeuner reste bien calé au fond de son estomac ! Voilà quatre jours qu'il vit avec le cœur au bord des lèvres, quatre nuits qu'il ne dort plus, acculé par les images qui tournent en boucle dans sa tête. Le passé, le présent : tout se mélange dans une valse infernale. De vieux fantômes se sont invités à la fête et il s'en serait bien passé.

Dans une cacophonie de sirènes et de gyrophares, les voitures de la gendarmerie surgissent en haut de la rue Racine. Ils sont bientôt rejoints par les sapeurs-pompiers. Le convoi dévale la pente à un train d'enfer et pile net à hauteur d'une petite maison de plain-pied, d'apparence modeste, mais proprette.

Devant le portillon entrouvert se presse un attroupement d'habitants du quartier et de passants, tous sidérés par le récit de la femme qui se tient recroquevillée au centre. Elle est en état de choc suite à la découverte macabre qu'elle vient de faire dans la maison. Les visages sont blêmes, les corps prostrés dans une consternation collective.

Le lieutenant Hoffman s'extirpe promptement du second véhicule dans lequel il avait pris place aux côtés de l'adjudant-chef Velganni et du maréchal des logis-chef Blanchet.

En quelques secondes, les ordres sont lancés de part et d'autre. Paul Landrin et Guillaume Blanchet prennent en charge Marietta Solsona. En proie à une crise de tétanie, la femme de ménage est à présent allongée au sol en position fœtale. Une équipe de sapeurs-pompiers s'active autour d'elle afin de lui prodiguer des soins.

Le lieutenant Hoffman se précipite à l'intérieur de la maison. Simon et l'adjudant-chef Velganni lui emboîtent le pas, suivis de près par plusieurs pompiers.

Lorsque les hommes font irruption dans le salon exigu et sombre, une odeur fétide, répugnante, leur parvient instantanément aux narines.

La vision terrifiante qui s'offre à eux les cloue sur place. Simon porte la main à ses lèvres, tant l'écœurement lui soulève l'estomac. Il quitte aussitôt la pièce principale. Ne pouvant refréner les violents spasmes qui lui tordent les intestins, il vomit dans l'herbe, sous le regard médusé des badauds. Il n'en faut pas plus pour attiser leur imagination débordante. Ce qui se trame au sein de cette maison doit être bien horrible pour qu'un gendarme se sente mal à ce point!

À l'intérieur du logis, les hommes sont restés sans voix. Une septuagénaire trône au milieu du salon, avachie dans son fauteuil roulant, tête renversée en arrière, gorge tranchée, les bras pendant le long des roues. Les yeux vitreux de la vieille dame sont rivés au plafond, comme implorant le Ciel. Le sang qui a jailli de sa gorge s'est répandu en cascade sur sa blouse fleurie, puis sur ses jambes, jusqu'à former une large flaque sombre sous le fauteuil.

Les gendarmes demeurent immobiles, stupéfaits, en proie au démon de l'acrasie[6]. Tous voudraient pouvoir détourner la tête de cet abominable spectacle, mais aucun ne parvient à en détacher son regard.

Devant la vieille dame, sur un petit guéridon, une théière et deux tasses sont disposées avec soin. Cet ordre contraste singulièrement avec le chaos absolu qui règne dans la pièce principale. Les portes du vaisselier en chêne massif sont béantes, les étagères sens

---

6. L'acrasie est le fait d'agir à l'encontre de son meilleur jugement.

dessus dessous, les tiroirs de la commode renversés sur le sol, les coussins du canapé éparpillés sur un tapis hors d'âge.

Le lieutenant Hoffman est le premier à sortir de cet état de torpeur général. Sidéré, il dodeline de la tête, les yeux presque exorbités.

— Bon sang! Quelle ordure a pu commettre un acte aussi ignoble? S'en prendre à une vieille dame handicapée! Ce ne peut être là que l'œuvre d'un monstre!

Le lieutenant sait qu'il ne doit pas se laisser envahir par les émotions: mais au fond de lui, la peine, la colère, la haine bouillonnent.

À quelques semaines de la retraite, il pensait avoir tout vu!

En attendant l'arrivée des experts et du médecin légiste, les enquêteurs déroulent la rubalise afin de préserver la scène de crime. À l'extérieur, quelques amis de la victime commencent à affluer. Certains veulent voir de leurs propres yeux ce qu'ils n'arrivent pas à imaginer. On avait assassiné une femme aussi aimante, aussi généreuse que Rose Frémont! C'était tout simplement impensable!

Sur le trottoir d'en face, une foule dense s'est formée par petits groupes d'une dizaine de personnes. Les yeux sont hagards, les visages sont fermés: l'angoisse semble avoir sculpté les figures devenues marbre.

Dans l'heure qui suit, toute la maison de Rose Frémont est passée au peigne fin. Les poubelles, y compris celles des voisins, sont renversées, fouillées, dans l'espoir d'y retrouver l'arme du crime ou quelque indice permettant de remonter jusqu'à l'assassin.

Le maréchal des logis-chef Blanchet se charge de l'enquête de voisinage. Mais à cette heure, les maisons sont presque toutes inoccupées : il lui faudra revenir en fin de journée. Pour l'heure, il glisse dans les boîtes aux lettres des voisins les plus proches des formulaires d'appel à témoin. Puis il se dirige d'un pas ferme vers l'attroupement des curieux, les priant de bien vouloir circuler afin de ne pas entraver le déroulement de l'enquête.

Le corps de la malheureuse est laissé aux mains de la police scientifique et du docteur Bellanger qui vient tout juste d'arriver sur place. Le procureur de la République, Dimitri Vendeuvre, est attendu d'une minute à l'autre. Le lieutenant Hoffman et ses hommes se seraient bien passés de cette visite fortuite : ce magistrat est un être aussi arrogant que présomptueux. Moins ils le voient, mieux ils se portent.

La cause du décès de Rose Frémont relève a priori de l'évidence : un cambriolage qui a mal tourné. Toutefois, les experts prennent mille précautions : on n'est jamais à l'abri d'une découverte inattendue. Chaque élément de la scène de crime est soigneusement photographié, répertorié par les techniciens qui apposent des étiquettes rectangulaires numérotées un peu partout dans la pièce principale. La table, dressée pour le thé, est l'objet de toutes les attentions. Tout porte à croire que le meurtrier s'est assis sur la chaise qui se trouve en face du fauteuil roulant de la vieille dame. Ce monstre a probablement tenu dans sa main l'une des deux tasses de thé.

Accroupis à côté de la table, les techniciens saupoudrent la porcelaine à l'aide de leurs pinceaux et d'une poudre magnétique noire. Au bout de quelques minutes, la magie opère et des empreintes apparaissent très nettement. Les premières constatations effectuées, le lieutenant Hoffman rédige le procès-verbal afin de fixer la chronologie précise des faits et l'environnement du crime. Il croise tous les éléments recueillis par chacun de ses hommes présents sur place. Il s'agit en quelque sorte de rassembler les morceaux d'un immense puzzle. Depuis son plus jeune âge, le lieutenant Hoffman a toujours eu un goût très prononcé pour ces jeux qui requièrent à la fois patience, organisation et minutie.

Afin de laisser la place aux scientifiques, les forces de l'ordre investissent la cuisine en nombre. Les gendarmes procèdent à un premier débriefing. Ils attendent le lieutenant dans un silence presque solennel. L'adjudant Paul Landrin cherche en vain une plaisanterie qui pourrait détendre l'atmosphère devenue oppressante.

Simon, remis en partie de ses émotions, rejoint ses collègues en bredouillant de vagues excuses, les yeux rivés sur ses rangers. Sa face est livide et son haleine empeste le vomi.

Adossé au plan de travail, l'adjudant-chef Velganni affiche une attitude détachée, presque désinvolte, compte tenu des circonstances. Il observe le jardin à travers les rideaux de la fenêtre de la cuisine. Visiblement perdu dans ses pensées, il tourne le dos à ses trois collègues. Ces derniers, habitués à sa mine renfrognée, échangent des regards entendus.

Gendarme non par vocation, mais par pure filiation, l'adjudant-chef Hadrien Velganni envisage d'un très mauvais œil cette nouvelle affaire criminelle.

En effet, celle-ci risque fort de réduire à peau de chagrin ses jours de repos qu'il avait pourtant fixés de longue date. En pleine saison de chasse, il sait d'ores et déjà qu'il peut faire une croix dessus. Cette pensée le plonge dans un profond désarroi.

On ne lui connaît que cette unique passion. Chaque semaine, il bat la campagne, avec pour compagnon de route son fusil semi-automatique calibre 12. Il y tient plus qu'à la prunelle de ses yeux et malheur à qui y touche ! Même la présence d'un chien lui est insupportable. Ses anciens collègues s'étaient pourtant cotisés pour lui offrir un épagneul breton en guise de cadeau de départ de la brigade de Rennes. La pauvre bête n'a pas fait long feu. Moins d'une semaine après, l'animal s'était soi-disant échappé du coffre de sa voiture. Mais dans le fond, tout le monde savait parfaitement quel destin tragique avait dû connaître le pauvre animal !

Contrarié, l'adjudant-chef Velganni plisse le front. Il est quasiment certain que pour cette nouvelle enquête, le lieutenant va lui coller comme équipier l'adjudant Belfort ! Cette perspective à elle seule le révulse. Il préfère de loin faire cavalier seul.

De toute évidence, le lieutenant Hoffman prend un malin plaisir à le tourmenter en l'obligeant à travailler avec son pire ennemi. L'aversion qu'il éprouve pour l'adjudant Belfort est presque viscérale. Il rumine encore dans l'ombre le coup pendable que Simon lui a fait, il y a presque un an, jour pour jour.

Hadrien venait tout juste d'intégrer la brigade de Carquefou. Nouveau poste, nouvelle vie… Du moins, c'était ce qu'il pensait !

Lors d'une intervention à l'hôtel de ville de Carquefou, Hadrien croyait avoir enfin rencontré l'élue de son cœur. Il avait été appelé pour une affaire aussi grotesque que sordide : depuis quelques semaines, un vent malsain soufflait sur la mairie. Un corbeau, au moyen d'un téléphone à carte prépayée, envoyait des messages délétères dénonçant des relations adultérines au sein de l'équipe de fonctionnaires. Les conjoints des employés recevaient également des textos anonymes déversant des insanités.

Pour les besoins de l'enquête, mais aussi pour les beaux yeux de la secrétaire de direction, Hadrien avait multiplié ses visites dans les locaux de l'hôtel de ville. Il ne lui avait fallu que quelques jours pour démêler ce sac de nœuds, digne d'un roman d'Agatha Christie.

En bon investigateur, Hadrien avait soigneusement entendu tout le personnel administratif ainsi que les agents d'entretien. À l'issue de l'ensemble de ces auditions, il avait eu comme une intuition. Suivant son instinct, il avait réussi à localiser l'antenne-relais par laquelle passaient tous les messages reçus par les employés. En confrontant cette donnée à la liste des adresses des principaux suspects, il avait alors tendu un piège qui s'était habilement refermé sur le corbeau. À deux ans de la retraite, l'aimable et insoupçonnable agent d'accueil de la mairie, madame Trichet, dissimulait derrière ses petites lunettes rondes un œil de vipère redoutable ! Elle n'avait fait aucun esclandre et avait même paru soulagée qu'on la démasque enfin. Finalement, aucun des employés de la mairie n'avait voulu porter plainte contre elle. Madame Trichet était partie plus vite que prévu en retraite et sans cadeau de départ !

En peu de temps, Hadrien avait fait d'une pierre deux coups : résoudre une enquête qui empoisonnait l'existence des fonctionnaires de la commune et séduire la charmante Ludivine.

Un véritable coup de foudre ! Du moins, de son point de vue à lui, car la jeune femme, certes, avait fini par céder à ses avances, mais elle était beaucoup moins éprise qu'il ne se le figurait. C'était une demoiselle « de petite vertu » comme on dit. Il faut avouer qu'elle avait de sérieux atouts auxquels peu d'hommes résistaient. L'adjudant-chef était tombé lui aussi dans ses filets. Il s'en était aperçu un peu tard, et à ses dépens, lors du réveillon de Noël.

La tradition à la brigade de Carquefou voulait que tous les gendarmes et leurs conjoints se réunissent autour d'un verre de l'amitié le 24 décembre au soir. Chacun repartait ensuite fêter l'événement dans la sphère privée, excepté les quelques gendarmes d'astreinte. La soirée était des plus agréables : Hadrien avait tout naturellement invité la belle Ludivine. Mais il avait suffi que Simon Belfort vienne avec sa gueule d'ange faire les yeux doux pour que Ludivine abandonne Hadrien en deux temps, trois mouvements au pied du sapin !

C'était finalement au bras de Simon qu'elle avait donc quitté la soirée, laissant derrière elle une âme mortifiée ! À partir de ce jour, Hadrien était devenu l'ombre de lui-même et avait développé une profonde rancœur vis-à-vis de son collègue, et, par effet boule de neige, de toute la caserne. Tant et si bien qu'il regrettait parfois d'avoir demandé sa mutation à Carquefou, alors qu'on lui avait proposé une place en or à la caserne Lamoricière à Nantes.

À bientôt trente-neuf ans, l'adjudant-chef vivait retranché dans son logement de fonction, seul, sans enfants, et sans amis. L'affront du réveillon de Noël avait déclenché une guerre froide au sein de la brigade. D'un côté, il y avait ceux qui soutenaient Simon Belfort, simplement parce qu'ils le connaissaient de longue date, de l'autre, ceux qui avaient subi la même déconvenue qu'Hadrien.

Mais au fil des mois, Hadrien avait fini par perdre tous ses partisans. Il cultivait en effet l'art de se rendre désagréable, ne cherchant jamais à s'attirer la sympathie de ses collègues. Il était passé maître dans l'art de faire le vide autour de lui.

Sur le plan sentimental, même topo ! Malgré une carrure impressionnante, des épaules rassurantes, les charmantes demoiselles qui croisaient son chemin ne se dévissaient pas la tête sur son passage pour le regarder. La mine patibulaire qu'il affichait était suffisamment dissuasive pour les maintenir à distance.

Depuis cette histoire avec Ludivine, aucune autre femme n'était parvenue à lui rendre le sourire, alors que Simon, de son côté, multipliait les conquêtes à tour de bras. Mais l'aversion qu'il nourrissait pour son collègue ne provenait pas seulement de cette regrettable déception amoureuse. Non content de lui soustraire sa petite amie, Simon semblait convoiter la place qu'Hadrien occupait actuellement.

Le poste de l'adjudant-chef Velganni devait être remis au mouvement très prochainement : il n'était donc pas assuré de le conserver. Quand il était entré dans l'équipe, le lieutenant lui avait promis qu'il appuierait sa demande auprès de sa hiérarchie. Mais Hadrien avait surpris une conversation entre le lieutenant Hoffman et Simon : il en était convaincu, le poste serait offert à Simon sous peu. Et puis, il y avait ce dossier mystérieux, celui que Simon rangeait soigneusement dans le tiroir de son bureau, fermé à clef… Cela ne faisait que conforter l'adjudant-chef dans ses soupçons.

Mais Hadrien n'avait pas l'intention de se faire coiffer au poteau par ce petit merdeux. Cela ne se passerait pas ainsi ! C'était bien mal le connaître !

*

La silhouette imposante du lieutenant apparaît dans l'encadrement de la porte de la cuisine de Rose Frémont, tirant brutalement Hadrien de ses pensées et stoppant net toute discussion entre les gendarmes.

Son carnet de notes dans une main, un stylo Bic dans l'autre, le lieutenant égrène, une à une, toutes les données dont il dispose dans une sorte de soliloque vertigineux.

— Voici les éléments que nous avons pour le moment : la victime se nomme Rose Frémont ; elle est âgée de soixante-douze ans ; selon toute vraisemblance, la cause du décès est imputable au sectionnement de la carotide. Le meurtrier lui a tranché la gorge d'un geste franc et précis, sans aucune hésitation, à en juger les contours de la plaie. Quant à l'arme du crime, il s'agirait d'un couteau. Le légiste penche en faveur d'un couteau de chasse bien affûté. La vieille dame s'est vidée de son sang en quelques secondes à peine. Aucune ecchymose ou marque de griffure laissant supposer que la victime ait tenté de se défendre. L'assassin se tenait derrière elle ; il n'a probablement pas eu le courage de regarder sa victime en face au moment de lui trancher la gorge.

Le lieutenant tourne frénétiquement les pages de son carnet de notes. De temps à autre, il jette un œil sur son auditoire suspendu à ses lèvres.

— Aucun signe d'effraction, la victime devait connaître son meurtrier. L'aide-ménagère, madame Marietta Solsona, a découvert le cadavre ce matin à dix heures précisément – elle vient effectuer diverses tâches ménagères tous les matins, excepté le week-end. Le décès remonterait à dimanche midi. La porte d'entrée était fermée, mais non verrouillée, seule la pièce principale a été fouillée de fond en comble. Nous ne disposons pas encore de la liste des objets qui ont disparu, s'il y a bien eu vol. Dans le voisinage, personne n'a rien vu ni entendu. Selon le témoignage de ses plus proches voisins, la victime vivait seule et ne recevait que très peu de visites. Un homme d'une vingtaine d'années passait une fois par semaine pour entretenir le jardin. L'infirmière à domicile ne devrait pas tarder à arriver, elle nous permettra peut-être d'en savoir un peu plus, notamment sur l'identité de ce jardinier. Dernier point important : l'arme du crime demeure introuvable.

Outre le choc que Simon Belfort a subi en découvrant le cadavre ensanglanté de la vieille dame dans le salon, il ressent à présent une étrange sensation, sans toutefois être capable d'en expliquer la cause. En général, son intuition ne le trompe pas. Il se décide à prendre la parole :

— Deux meurtres en moins d'une semaine dans la commune, alors que le dernier remonte à près de six ans… Il y a fort à parier que les deux affaires sont liées, d'une manière ou d'une autre. Je doute fort qu'il s'agisse d'une simple coïncidence,

— Les deux meurtres n'ont absolument rien en commun, rétorque aussitôt l'adjudant-chef Velganni, par pur esprit de contradiction sans doute. Il ne s'agit là que d'une simple histoire de cambriolage qui a mal tourné. Les personnes âgées en sont les principales victimes. Ce sont des proies faciles !

— Franchement, Hadrien ! Trois coussins à terre, une armoire vidée, et tu tombes dans le panneau ? Le reste de la maison n'a même pas été visité. C'est une simple mise en scène pour nous mettre sur une fausse piste. Je te pensais plus futé !

L'un des techniciens de la scène de crime fait irruption dans la cuisine, brandissant un sachet transparent de mise sous scellés renfermant un objet rectangulaire de couleur bleu foncé.

Tous les visages se tournent dans sa direction et se figent instantanément.

— Devinez ce qu'on vient de trouver dans la poche de la blouse de la victime ? Un iPhone 8, vitre brisée… Étonnant pour une personne de soixante-dix ans, vous ne trouvez pas ? Heureusement pour nous, il y a encore assez de batterie et nous avons pu le rallumer sans difficulté. Il s'avère que la propriétaire de ce petit bijou de technologie s'appelle…

— Camille Marsan ? s'enquiert l'adjudant Belfort d'une voix tremblante.

— Exactement ! C'est le téléphone de la joggeuse assassinée à Port-Jean.

— Que disais-tu, Hadrien ? Hein ? Aucun lien entre les deux affaires ?

L'adjudant-chef Velganni vire au rouge carmin. Il ne s'attendait vraiment pas à se faire rabattre le caquet par ce petit… prétentieux ! Et devant le chef en prime ! Il ne perd vraiment rien pour attendre !

— Messieurs ! Ne tirez pas de conclusions trop hâtives, je vous prie. Dans ce genre de situation, il ne faut négliger aucune piste, et je dis bien, aucune ! L'expérience vous apprendra que des théories a priori contradictoires peuvent parfois former les deux faces d'une même pièce.

Les deux hommes se regardent en chiens de faïence. Hadrien, l'œil mauvais, se retient de sauter à la gorge de Simon tant son attitude l'exaspère.

La tension est palpable.

L'adjudant Paul Landrin intervient pour calmer le jeu entre les deux gendarmes avant que la situation ne dégénère une fois de plus.

— Vous avez peut-être raison tous les deux. Et si le meurtrier cherchait justement le téléphone de Camille Marsan dans la maison de Rose Frémont ? La pièce a été fouillée du sol au plafond. Or, aucun objet de valeur n'aurait été volé selon le témoignage de la femme de ménage. Nous pouvons en déduire que l'assassin cherchait quelque chose de précis… Heureusement pour nous, il n'a pas songé à fouiller les poches de cette pauvre femme !

— Ton hypothèse tient la route, Paul… mais cela nous amène à une autre question : qu'est-ce que cette dame âgée fichait avec le téléphone portable de Camille Marsan ? Madame Frémont n'a pas le profil d'une criminelle. On ne peut raisonnablement pas imaginer la vieille dame roulant son fauteuil à la force de ses bras jusqu'au chemin de terre de Port-Jean, et en pleine nuit de surcroît ! Une autre personne le lui aura apporté à son domicile. Il nous reste à déterminer le lien entre les deux femmes.

Le lieutenant Hoffman jette un œil dépité sur le cadran de sa montre : 13 h 10. Trois heures sur place et pas un seul indice à se mettre sous la dent, excepté le téléphone portable de la joggeuse.

— Deux meurtres en moins de quatre jours, Messieurs ! Il va falloir faire travailler nos méninges avant qu'on ne se retrouve avec un troisième cadavre sur les bras ! Je vois d'ici la une des journaux ; on va passer pour des branquignols, une équipe de bras cassés ! C'est moi qui vous le dis !

Une voix nasillarde se fait entendre derrière eux.

— Vous m'ôtez les mots de la bouche, lieutenant Hoffman !

La silhouette famélique du procureur Vendeuvre se détache lentement de la porte de la cuisine, pour venir se poster face au lieutenant Hoffman.

Le magistrat se tient si proche de l'officier que ce dernier peut aisément sentir son haleine fétide balayer son visage. Hoffman soutient son regard quelques secondes, puis se ravise, préférant ne pas l'attaquer de front.

Comme à son habitude, le procureur Vendeuvre affiche une attitude hautaine. Son menton est levé et ses bras sont croisés sur son torse maigrelet exagérément bombé.

Depuis combien de temps les écoute-t-il exactement ? Les gendarmes s'avèrent incapables de le savoir, tant le procureur s'est appliqué à ne pas faire de bruit. Seule certitude, il en a suffisamment entendu !

Du haut de son mètre quatre-vingt-dix, Dimitri Vendeuvre apparaît comme un être singulier au sens péjoratif du terme. Ses yeux gris enfoncés dans leur cavité, surmontés d'un monosourcil broussailleux, semblent scruter les profondeurs de l'âme. Son nez recourbé à la manière d'un bec de vautour siège au milieu d'un visage anguleux au teint crayeux. C'est le genre de physionomie qui ne passe pas inaperçue.

— Figurez-vous que j'étais à l'instant en ligne avec le juge d'instruction. Je l'ai informé personnellement du beau désordre qui règne dans cette commune : deux meurtres en moins d'une semaine et toujours aucune piste tangible. Votre incapacité à mener ces deux enquêtes criminelles de front ne fait que confirmer ce que je pense déjà de votre brigade. « Des branquignols », c'est en effet ce que vous êtes !

Les gendarmes échangent des regards circonspects.

L'adjudant-chef Velganni serre les poings. Il refrène tant bien que mal une envie de dire ses quatre vérités à cet être imbu de lui-même, et de le remonter *manu militari* dans son véhicule.

— Allez droit au but, monsieur le procureur ! Doit-on comprendre que vous avez l'intention de tout mettre en œuvre pour que notre brigade soit dessaisie des deux enquêtes ?

Un rictus se dessine au coin des lèvres décharnées du magistrat.

— Oh… pardonnez ma négligence, Messieurs ! Sans doute aurais-je dû commencer par là… Apprenez que vous n'êtes plus chargés des deux enquêtes en cours. Cet ordre émane du parquet et il prend effet à compter d'aujourd'hui ! Deux OPJ de Lamoricière viennent d'être nommés. Croyez-moi sur parole, il s'agit d'excellents enquêteurs qui ont fait leurs preuves à moult reprises. Assurément, dans moins de quarante-huit heures, les deux affaires seront bouclées ! J'ose espérer que vous collaborerez en bonne intelligence avec vos collègues nantais.

Sans attendre de réponse, le procureur quitte la pièce, l'air triomphant, laissant derrière lui les gendarmes de Carquefou consternés.

Chapitre VII
À bout de nerfs

Lundi 11 décembre, 15 h 30

Le front plaqué contre le bureau de l'adjudant-chef Velganni, Jérémie Rousseau tente de reprendre son souffle.

Désespéré, il se frappe à nouveau la tête sur la table, les poings serrés, la rage au ventre.

— Puisque je vous répète que ce n'est pas moi qui ai tué Camille ! Faut vous le dire dans quelle langue, bordel ! Et puis, pourquoi aurais-je tué Camille, d'abord ? Je l'aimais comme un fou ! Vous comprenez ? Comme un fou !

De violents sanglots secouent à nouveau le corps du jeune homme. L'adjudant-chef, excédé par l'obstination du suspect, lui administre une nouvelle claque sur l'arrière du crâne, bien plus forte que la précédente.

— T'as fini de nous prendre pour des cons ? Tu crois vraiment qu'on va gober tes salades ? On n'a pas que ça à foutre en ce moment !

La mâchoire crispée, l'adjudant-chef Velganni se retient du mieux qu'il peut, tant la colère bouillonne en lui. Le suspect possède un casier judiciaire long comme le bras : il devrait faire profil bas. Au lieu de cela, il s'obstine dans le mensonge et se montre particulièrement agressif. Le jeune homme est à bout de nerfs. L'adjudant-chef en a parfaitement conscience. Le faire avouer n'est plus qu'une question de minutes. Il faudrait juste qu'on le laisse seul avec lui dans cette pièce quelques instants seulement. Mais Simon joue, une fois n'est pas coutume, les gardes-chiourmes bienveillants, oubliant qu'il a devant lui un homme qui n'hésite pas à briser les côtes de sa petite amie pour son bon plaisir.

L'adjudant Belfort n'est pas convaincu de la culpabilité du jeune homme. Ses années d'expérience au sein de la brigade lui ont appris à ne jamais se fier aux apparences. Tout désigne Jérémie comme étant le coupable idéal. Un scénario vieux comme le monde, et aucun alibi vérifiable dans l'immédiat. D'autant que le suspect change constamment de version. Il lui faut en avoir le cœur net.

Simon fait signe à son collègue de lâcher un peu la pression : il sent que les choses peuvent très vite dégénérer. Il ne manquerait plus que le suspect porte plainte pour coups et blessures ! Sans compter que cette audition aurait dû être menée par les OPJ[7] de Lamoricière. Si le procureur venait à apprendre qu'ils n'ont pas attendu leurs collègues de Nantes,

---

7. OPJ : officier de police judiciaire.

les conséquences sur leurs carrières pourraient être désastreuses. Mieux vaut faire les choses en douceur, à sa manière !

L'adjudant Belfort contourne le bureau et se positionne juste en face du jeune homme. Il ouvre le premier tiroir de son bureau et en extrait une enveloppe blanche de format A4. Celle-ci contient plusieurs clichés pris par les techniciens le soir du meurtre de Camille. Il les dispose sur la table, devant le suspect, en formant une sorte d'éventail. Jérémie Rousseau lève la tête et se liquéfie sur place. Le cadavre de Camille Marsan apparaît sous toutes les coutures.

L'adjudant Belfort marque un temps d'arrêt, puis comme un joueur qui abat sa dernière carte, il dépose la photo des deux plaies présentes sur le haut du crâne.

La réaction du suspect ne se fait pas attendre : de violents spasmes secouent brutalement tout son corps. Il se met à hurler comme une bête qu'on assassine.

D'un revers de la main, il balaie tous les clichés qui se trouvent sous ses yeux. Les photos s'envolent, tourbillonnent et retombent au sol comme des feuilles mortes.

Après un silence interminable, le jeune homme se lève d'un bond et clame son innocence en tapant du poing sur le bureau.

— Je l'aimais ! Je l'aimais à la folie ! Vous comprenez ça ? Jamais je n'aurais pu lui faire du mal ! Jamais !

Alors que l'adjudant-chef demeure impassible, Simon, quant à lui, éprouve une forte empathie à l'égard du jeune homme, se demandant comment il réagirait si on lui annonçait que la femme qu'il aimait a été sauvagement assassinée ? Pire, si on l'accusait d'avoir provoqué sa mort ? Il en crèverait de douleur, c'est certain !

Simon se baisse et ramasse un à un les feuillets qui jonchent le sol. Puis, il se rassoit sur la chaise située en face du suspect.

La tête entre les mains, Jérémie Rousseau sanglote comme un gosse, reniflant bruyamment à intervalles réguliers.

Il faudrait être sacrément bon comédien pour simuler un tel désespoir ! L'adjudant Belfort reprend d'une voix posée.

— Bien, admettons un instant que tu sois innocent comme l'agneau qui vient de naître… mais permets-moi d'en douter un peu compte tenu des mauvais traitements que tu as infligés à Camille Marsan. Bref… Nous te cherchons partout depuis jeudi soir. On t'a laissé plusieurs messages. Où étais-tu planqué ?

Aucune réponse.

— Pourquoi ne nous as-tu pas répondu quand on a cherché à te joindre à de nombreuses reprises ?

Jérémie Rousseau se laisse mollement tomber en arrière sur le dossier de sa chaise, dépité de devoir répondre toujours aux mêmes questions.

— Mais, combien de fois dois-je vous le répéter au juste ? J'étais à Saint-Malo, avec mes potes, pour le week-end, vous n'avez qu'à les appeler pour vérifier ! Mais tout ça, je vous l'ai déjà dit ! Vous vous en foutez comme de l'an quatorze. Il vous faut un coupable ! Ça fait trois heures que vous me cuisinez, c'est votre méthode pour faire plier ceux qui n'ont rien fait, c'est ça ? Vous attendez que je craque et que j'avoue un crime que je n'ai pas commis ?

— Attends une petite minute. Faudrait savoir… Tu étais à Saint-Malo ou bien à La Rochelle ? s'enquiert l'adjudant-chef Velganni d'un ton condescendant. Il y a moins d'un quart d'heure, tu nous as affirmé que tu te trouvais à La Rochelle. Sauf erreur de ma part, les deux villes se situent à plus de trois cents kilomètres l'une de l'autre.

Jérémie Rousseau est épuisé : des perles de sueur roulent sur son front. Le sang afflue par saccades au niveau de ses tempes. Un mal de crâne abominable l'empêche d'avoir les idées claires. Saint-Malo ou La Rochelle ? Il ne sait plus vraiment où il se trouvait… Tout se mélange à présent dans sa tête.

Les deux militaires le fixent du regard avec insistance. Seul le tic-tac incessant de la pendule accrochée au-dessus de la porte résonne dans la pièce.

— C'est bon, ça suffit, je veux voir un avocat maintenant ! Je ne dirai plus un mot !

Un coup sonore à la porte, le brigadier Blanchet pénètre dans le bureau.

— Hadrien, Simon, j'ai besoin de vos signatures avant d'envoyer ce rapport : je dois le transmettre au procureur au plus vite ! Et vous savez que sa qualité première n'est pas la patience…

— Pas maintenant ! ordonne Hadrien d'une voix agacée.

— Mais c'est urgent, insiste le jeune brigadier. Cela ne peut vraiment pas attendre la fin de votre audition. Vendeuvre va piquer une crise de nerfs si je ne lui transmets pas le dossier Rose Frémont.

Jérémie Rousseau relève brusquement la tête, les yeux exorbités, le souffle court.

— Rose Frémont ? Mais que vient foutre ma tante là-dedans ? Vous ne l'avez quand même pas emmerdée avec toute cette histoire ?

Chapitre VIII
Page blanche

Jeudi 14 décembre, 18 h 30

Confortablement installée dans l'un des fauteuils en rotin de sa terrasse, au quatrième étage, Amandine Doucet savoure pleinement le coucher de soleil, un verre de Martini à la main. Elle se laisse envahir par la chaleur de l'alcool, un bonnet enfoncé jusqu'aux oreilles. Emmitouflée dans une couverture polaire, nonobstant une température extérieure qui flirte avec le zéro degré, la jeune femme se délecte de ce moment de paix intérieure. Ces instants de quiétude absolue sont aussi rares que précieux : la vie ne lui a jamais vraiment souri. Bientôt trente-cinq ans, célibataire et, pour couronner le tout, sans enfant… Son entourage ne se prive pas de le lui faire remarquer à la moindre occasion. Pourquoi faut-il que la société lui crache au visage cette image de non-conformité ?

La même question revient systématiquement sur le tapis à chaque repas de famille :

« Toujours pas trouvé de fiancé ? »

Serait-ce une tare de vivre seul ? Combien de couples cohabitent bon an mal an par pure nécessité financière ou pire, par peur de la solitude ?

Aucun homme n'a réussi à lui donner l'envie de construire une vie de couple cimentée par une confiance sans failles. Elle a grandi avec la certitude que les hommes sont de viles créatures avides, incapables de se contenter d'une seule femme. Des coureurs de jupons, en quête d'une jeunesse éternelle ! Cette gangrène la ronge de l'intérieur comme un mal invisible, et ceci malgré les innombrables séances de sophrologie, les interminables psychothérapies, sans oublier l'hypnose conversationnelle. Ce n'est pas faute d'avoir tout essayé.

Jusqu'à présent, Amandine n'était jamais tombée amoureuse et elle s'en félicitait, répétant à qui voulait l'entendre : « Le mariage c'est résoudre à deux les problèmes qu'on n'aurait pas eus tout seul. »

Au fur et à mesure de ses séances de psychothérapie, des souvenirs amers étaient remontés à la surface. Plusieurs fois, le docteur Levasseur lui avait demandé de revenir sur un épisode particulièrement douloureux de son enfance. Le dernier Noël passé en famille avait provoqué un réel traumatisme. Étrangement, la colère, loin de s'estomper, grandissait en elle, comme une maladie infectieuse, la rongeant de l'intérieur.

Amandine se souvient…

*

C'était un peu avant minuit. De cette soirée, la jeune femme ne garde en mémoire que des cris, des injures, des pleurs.

Pour se protéger des éclats de voix, elle s'était réfugiée sous le canapé, tenant serrée contre elle la poupée que son père venait de lui offrir. Depuis cet endroit, elle avait assisté impuissante au déchirement de ses parents. Son géniteur – c'est le nom qu'elle emploie quand elle aborde le sujet – ne supportait plus de vivre avec sa mère, particulièrement dévouée et douce. Il se disait oppressé, il avait besoin de prendre l'air, de se sentir revivre. Et cette nouvelle impulsion, il l'avait trouvée dans le regard d'une jeune femme d'une vingtaine d'années ! À quarante-cinq ans, son père avait tiré un trait sur celles qui avaient autrefois fait son bonheur ! Il était parti en claquant la porte, sans prendre le temps de serrer sa petite fille dans ses bras, sans essayer de lui expliquer la situation avec des mots faits pour les enfants. Peut-être que dans le fond, il n'y avait rien à expliquer…

*

Les yeux embués de larmes, Amandine scrute l'immensité du ciel. Elle se laisse happer par cette sensation vertigineuse, enivrante. Souvent, elle reste des heures à observer la Voie lactée depuis ce promontoire.

Une étoile scintille au-dessus d'elle. Son visage s'illumine. Serait-ce un signe que la vie va enfin se montrer plus clémente avec elle ? Un large sourire se dessine sur ses lèvres. Le docteur Levasseur a sans doute raison : il faut enterrer le passé et aller de l'avant! Aujourd'hui, grâce à Simon Belfort, un bel avenir lui tend les bras. Un jour, ils seront réunis, et ce jour-là, tous les fantômes du passé seront enterrés une bonne fois pour toutes!

La tête renversée en arrière, Amandine ferme les yeux et se met à rêver à l'homme qui occupe désormais toutes ses pensées. L'image de son torse nu, de la serviette enserrant ses hanches, l'obsède depuis leur dernière entrevue. Une vague de désir venue du plus profond de ses entrailles monte en elle et l'emporte dans des songes inavouables. Jamais elle n'avait désiré un homme avec une telle force. Cette sensation, aussi enivrante soit-elle, avait quelque chose d'effrayant.

Elle demeure ainsi, offerte au baiser glacial du vent qui s'insinue sournoisement entre ses lèvres entrouvertes.

Amandine se sent bien, heureuse, même: Simon a promis de passer après son service pour l'aider un peu dans la rédaction de son roman. Elle l'attend avec une impatience avide. Cette fois-ci, c'est certain, elle osera lui avouer la nature exacte des sentiments qu'elle éprouve pour lui.

Elle dispose environ d'une heure pour terminer le huitième chapitre. Écrire un roman policier en moins de quinze jours, cela ne s'improvise pas! Tout est une question d'organisation. Et dans ce domaine, Amandine excelle. À quelques semaines de Noël, le congé de maladie – providentiel – s'est imposé à elle comme une évidence.

Le soleil glisse lentement vers l'horizon, laissant traîner derrière lui un voile de satin noir. Les lumières de la ville s'allument les unes après les autres, comme des guirlandes multicolores. C'est le meilleur moment de la journée : celui où les mots lui viennent spontanément, comme par magie.

Devant elle, le clavier rétroéclairé de son ordinateur portable attend sagement l'assaut de ses doigts frêles et habiles. Ses mains sont faites pour l'écriture. Qu'aurait-elle bien pu faire d'autre ? Les travaux manuels ne sont pas faits pour elle : pas assez soigneuse sans doute, trop impatiente certainement. Son métier ne lui apporte aucun épanouissement personnel : vendre des séjours clé en main, ce n'était pas vraiment un rêve d'enfant.

Elle aurait voulu être vétérinaire : mais elle avait dû abandonner ses études alors que ses résultats étaient prometteurs. Le motif invoqué à l'époque : la vue du sang lui était insupportable. Mais la vraie raison de cette soudaine réorientation était que sa mère n'avait plus les moyens de financer ses études. Son géniteur n'avait jamais versé un centime pour son éducation.

Résignée, elle part travailler tous les matins sans réelle motivation ; un salaire misérable tombe en fin de mois sur son compte. Mais cela ne suffit pas vraiment… Sa mère vient parfois à son secours. Malgré une maigre retraite qui lui suffit à peine à joindre les deux bouts, cette dernière effectue de petits versements sur le livret de sa fille.

Pour échapper à cette vie bien insipide, Amandine se réfugie dès qu'elle le peut dans la lecture. Elle dévore les livres, jamais rassasiée par toutes ces histoires fabuleuses qu'elle y découvre. Bien souvent, lorsqu'elle a terminé un roman, elle en poursuit l'intrigue dans sa tête, forte d'une imagination sans borne.

Aujourd'hui, elle réalise enfin l'un de ses vieux rêves : écrire à son tour, passer de l'autre côté de la barrière. Cela fait des années qu'elle y pense sérieusement. Sur les conseils de Karen Levasseur, elle a enfin décidé de donner un sens à sa vie. Nombreuses sont les personnes qui rêvent les yeux ouverts, pleines de velléité. Très peu, en définitive, franchissent le pas.

La rencontre fortuite avec l'adjudant Belfort avait été une véritable tour de lancement. Elle se souvenait précisément de cet instant où elle avait pris la décision d'écrire son roman : c'était il y a quelques semaines, un samedi soir.

Simon lui avait proposé une séance de cinéma au Gaumont, à Nantes. De retour chez elle, ils s'étaient installés côte à côte sur son canapé et avaient longuement échangé sur l'art dramatique, la capacité à mettre au point des scénarios qui maintiennent en haleine jusqu'au point final. Cette discussion sérieuse lui avait ouvert des perspectives insoupçonnées. Elle lui avait alors confié son désir d'écrire un roman policier. Elle pensait qu'il se moquerait d'elle, mais au contraire, le regard du gendarme s'était soudainement embrasé. Il avait semblé subjugué, admiratif.

Le soir même, dès que l'adjudant Belfort avait quitté son appartement, la jeune femme avait laissé un message sur le répondeur de Karen Levasseur. Sa voix trahissait une excitation sans borne. Elle avait trouvé la clef pour se faire aimer de Simon.

Les deux meurtres survenus dans la commune représentaient une belle opportunité, pour elle comme pour lui : Amandine pouvait désormais concrétiser son projet d'écriture ; quant à Simon, il allait faire montre de ses talents d'enquêteur. Et l'adjudant Belfort avait grand besoin de retrouver goût à la vie. Ces derniers temps, Simon lui était apparu bien maussade, vidé de toute énergie. La bouteille était redevenue sa fidèle alliée dans ses moments de profonde déprime.

Simon avait confié à son amie qu'il lui était arrivé de remettre lui-même son arme de service à son lieutenant. Un soir, alors qu'il avait trop bu, il avait enfoncé le canon de son arme au fond de sa gorge. Sa main droite avait tremblé avec fureur, mais curieusement, il s'était senti apaisé, serein. Sur le moment, cela lui avait paru être la meilleure décision à prendre pour en finir avec tous ces démons qui le hantaient !

Il n'avait dû son salut qu'à l'appel téléphonique de sa sœur aînée, Catherine…

À partir de cet aveu, Amandine avait commencé à se faire du mauvais sang pour lui. Le nombre de suicides parmi les forces de l'ordre était en forte augmentation. La jeune femme gardait à l'esprit que le père de Simon avait lui aussi mis fin à ses jours dans des conditions similaires.

*

Sur les conseils du lieutenant Hoffman, Simon avait entamé une psychothérapie en juin dernier. Le chef de la brigade avait fait appel au cabinet du docteur Karen Levasseur, convaincu que les traumatismes ne pouvaient guérir s'ils n'étaient pas traités à la racine. Depuis le suicide de son père, Louis Belfort, Simon ne s'était jamais vraiment remis. Cela faisait près de vingt ans qu'il vivait avec un sentiment de culpabilité tenace. Il s'en était toujours voulu de ne pas être rentré directement de l'école ce jour-là ! Au lieu de jouer au foot avec ses camarades, il aurait dû se hâter de regagner la maison ! Mais à douze ans, qu'aurait-il bien pu mettre en œuvre pour éviter le drame ? L'image de son père gisant dans une vaste flaque de sang, un trou béant sur la tempe droite, le hantait perpétuellement.

Sa mère habitait toujours la maison dans laquelle la tragédie s'était déroulée. Simon lui rendait parfois visite, mais il n'avait plus jamais remis les pieds dans le garage. C'était au-dessus de ses forces.

Personne n'avait été en mesure d'expliquer le geste insensé de son père. Aucune lettre d'explication. Pas un mot d'adieu. Une enquête interne avait bien entendu été diligentée à l'époque, mais elle s'était avérée infructueuse.

L'affaire avait été classée. Au sein de son unité, son père était un officier respecté et apprécié : pas la moindre anicroche en trente ans de carrière. Sur le plan personnel, comme tous les couples, ses parents avaient connu des hauts et des bas, mais leur amour s'était transformé au fil du temps en une affection inconditionnelle. Alors, comment expliquer un tel acte ? Un coup de folie lié au surmenage ?

L'officier Belfort ne comptait jamais ses heures et remplaçait au pied levé les collègues absents. La dernière affaire qu'il avait traitée lui avait valu une promotion inespérée en cette fin de carrière : une sordide affaire de viol sur mineure à la fac de médecine, qui avait défrayé la chronique.

Malgré les diverses sollicitations de Simon, le lieutenant Hoffman n'avait pas voulu évoquer le sujet avec lui, l'assurant que cela n'avait aucun rapport avec le décès de son père.

*

Amandine est convaincue que de leur rencontre naîtra leur guérison commune. Aucune femme ne pourra le rendre plus heureux qu'elle. C'est une certitude. Toutes ces jeunes poupées avec lesquelles il a des aventures sans lendemain, celles qu'il rencontre sur des sites abjects, ne pourront le comprendre aussi bien qu'elle.

Depuis qu'elle s'est mise à écrire, Amandine vit retranchée dans sa tour d'ivoire, derrière son écran d'ordinateur, ne sortant que pour acheter quelques provisions ou pour rendre visite à Simon.

La question du travail a très vite été éludée : une malencontreuse grippe en ce début de saison hivernale. Le médecin lui a prescrit un arrêt de travail pour deux semaines, sans prendre véritablement la peine de l'ausculter. Amandine ne fait pas partie de ces tire-au-flanc qui s'arrêtent pour un oui ou pour un non. Pas une seule fois, elle ne s'est absentée de son poste, pour quelque raison que ce soit.

La plupart des écrivains connaissent cette frénésie avide, se coupant littéralement de leurs amis, de leur famille, pour laisser libre cours à leur imagination. Amandine n'a pour ainsi dire plus de vie sociale. Elle rend visite, de temps à autre, à sa mère qui réside sur la commune de Nort-sur-Erdre. Mise à part sa voisine Emmanuelle, personne ne semble plus s'intéresser à elle. Son amie vient parfois prendre un thé, mais depuis quelque temps, Amandine ne lui ouvre plus sa porte et l'évite soigneusement dans la cage de l'escalier. En l'espace de quelques semaines, Simon est devenu son seul confident, indispensable à son bien-être. Tout le reste est devenu superflu.

Soudain, le téléphone d'Amandine vibre sur la table en verre, la ramenant brutalement à la réalité.

« *Navré, ma belle, mais je ne pourrai pas passer te voir ce soir : j'ai un empêchement de dernière minute. On remet notre petite soirée à demain si tu le veux bien… Simon* »

La jeune femme relit le message plusieurs fois de suite, analysant chacun des mots, interprétant la ponctuation.

« Un empêchement ? » se répète-t-elle à mi-voix.

Si cela avait un rapport quelconque avec le travail, Simon l'aurait forcément précisé.

Le souvenir du foulard en soie qu'elle avait vu dans l'appartement du militaire s'impose alors comme une évidence.

Le visage de la jeune femme se pétrifie sur place, perdant ses couleurs. Le regard vide, le cœur empli d'une tristesse infinie, Amandine demeure figée dans la nuit glaciale, insensible au froid, au vent qui souffle avec acharnement.

Ses doigts reposent sur le verre gelé de la table, raides comme des crayons, blancs comme de la craie. Ils ne danseront pas sur le clavier ce soir.

D'un geste rageur, Amandine rabat violemment l'écran de son ordinateur portable.

Chapitre IX
Point de rupture

Samedi 16 décembre, 19h50

L'adjudant Simon Belfort prend une profonde inspiration et étire longuement ses bras derrière sa nuque engourdie. Il retire ses lunettes et jette un œil sur la pile de dossiers qui s'amoncelle sur son bureau. Les deux meurtres ont relégué au second plan des dizaines de dossiers de plaintes et de mains courantes. Pour la plupart, il s'agit de simples querelles de voisinage et de dépositions pour non-présentation d'enfant : des centaines de pages à traiter, rien d'excitant en soi, la routine d'une paisible commune. De l'administratif à n'en plus finir et, en définitive, peu de terrain. Ce n'est pas tout à fait l'image qu'il se faisait du métier de gendarme…

La pendule affiche 19 h 50, plus que dix minutes et il pourra enfin se vider la tête. La lecture du rapport d'autopsie de Camille Marsan a été particulièrement éprouvante. Dans moins d'une heure, la vie lui apparaîtra bien plus douce dans les bras de sa petite amie. Il relit le message prometteur que Caroline lui a adressé en début d'après-midi. D'un geste vif et sonore, il referme le clapet de son téléphone portable.

Une belle soirée en perspective, ça ne se refuse pas, surtout en ce moment !

L'adjudant Belfort songe à son amie, Amandine. Curieusement, elle n'a pas répondu au dernier message qu'il lui a envoyé jeudi soir. D'ordinaire, elle se manifeste dans la seconde qui suit l'envoi d'un SMS. Cela fait près de deux jours qu'elle n'est pas entrée en contact avec lui. Sans doute est-elle fâchée qu'il décline son invitation au profit de sa petite amie Caroline ? Non, c'est peu probable : Amandine ne connaît même pas l'existence de Caroline. Peut-être est-elle trop absorbée par l'écriture de son livre ? Amandine n'est plus elle-même depuis qu'elle a commencé la rédaction de son roman policier. Elle semble littéralement obnubilée par cette entreprise.

Un roman policier… Quelle drôle d'idée !

Un sourire illumine le visage du gendarme. Au début, il doit bien le reconnaître, il s'est montré un peu réticent, mais progressivement, il s'est laissé prendre au jeu. Amandine a créé un être de fiction en s'inspirant de sa vie de gendarme. La jeune femme lui a déjà fait lire quelques passages dans lesquels il apparaît : la ressemblance est frappante. Une sorte d'avatar, mais beaucoup plus charismatique qu'il ne l'est en réalité. Cela dit, les quelques retouches que la romancière avait opérées étaient indispensables tant sa vie lui apparaissait insipide.

Simon attend avec impatience de pouvoir enfin lire le manuscrit dans son intégralité et de rencontrer son double romanesque. Un sentiment de fierté germe secrètement au fond de son esprit. Et puis, on ne sait jamais ! Le roman pourrait remporter un franc succès… Peut-être même qu'on le reconnaîtra derrière les traits de ce héros intrépide et quelque peu fantasque.

Simon se ravise brusquement. On pourrait aussi lui reprocher de divulguer des informations confidentielles. En effet, il est soumis au secret de l'enquête. Discrétion qu'il a largement outrepassée ces derniers jours. Mais bon, il ne serait pas le premier flic à ne pas respecter le Code de déontologie de la profession. Combien de policiers évoquent dans la sphère privée les affaires en cours ? C'est inhérent au métier, il faut bien qu'ils puissent laisser échapper la pression de temps en temps.

De l'autre côté du bureau, l'adjudant-chef Velganni se tient impassible, les bras croisés sur son torse bombé. Le menton relevé, cela fait quelques minutes déjà qu'il observe l'adjudant Belfort. Simon a bien senti qu'il le toisait du regard, mais il préfère l'ignorer royalement. Depuis le temps qu'ils partagent cet espace de travail, Simon s'est fait une raison : ils ne seront jamais amis, c'est une certitude absolue !

Le lieutenant Hoffman a naïvement cru qu'en plaçant les hommes l'un en face de l'autre, sur deux bureaux accolés, une forme de complicité allait s'installer au fil du temps.

Au lieu de s'apaiser, les tensions n'ont fait que s'accroître, au point de nuire à l'ambiance de travail de la brigade. Tout est prétexte à dispute : les deux hommes se regardent de travers, prêts à en découdre à la moindre friction.

— Don Juan est attendu ce soir ? Laisse-moi deviner qui est l'heureuse élue… Est-ce la petite blondinette écervelée ou bien la grande brune qui se prend pour la nouvelle Mary Higgins Clark ?

Simon feint de ne pas avoir entendu ces paroles et affecte de ranger la pile de dossiers qui se trouve sur son bureau. D'humeur belliqueuse, Hadrien savoure l'effet produit sur son collègue et décide de le pousser dans ses derniers retranchements.

— Je ne sais pas comment tu te débrouilles pour les faire tomber ni où tu vas les chercher… En revanche, je sais dans quel état on finit par les retrouver…

L'œil mauvais, Simon se lève d'un bond, contourne son bureau, et se poste face à Hadrien. À la seule force de son bras gauche, il soulève l'adjudant-chef par le col de son uniforme. Ce dernier n'a pas le temps de réagir que déjà le poing de Simon vient s'abattre en plein milieu de sa figure.

Un craquement osseux se fait entendre, suivi d'un long gémissement. Hadrien retombe lourdement sur le dossier de son fauteuil en se tenant le nez.

— Bordel, Belfort, tu viens de me péter le nez ! Faut te faire soigner !

Simon attrape sa veste sur le portemanteau et quitte la pièce sans dire un mot, presque soulagé. Mais la satisfaction est de courte durée : lorsqu'il passe devant la porte du bureau du lieutenant Hoffman, il entend sa voix caverneuse tonner.

— Belfort, Velganni ! Je veux vous voir tous les deux dans mon bureau, demain à la première heure ! Vous avez de la chance que je sois occupé !

— Oui, chef ! répondent les deux rivaux presque à l'unisson.

*

Quinze minutes, c'est le temps qu'il reste à Simon pour se préparer avant l'arrivée de Caroline Haudebourg.

L'adjudant Belfort accélère le pas et gravit quatre à quatre les marches de l'escalier central qui mène aux logements de fonction des militaires.

Lorsqu'il pousse la porte de son appartement, le militaire est surpris de sentir de délicieux effluves de gratin dauphinois, son plat préféré.

Tandis qu'il se penche pour regarder à l'intérieur du four, deux bras enlacent tendrement sa taille. Puis, le corps d'une femme dénudée se presse contre son dos. Les yeux fermés, il se laisse envahir par la chaleur qu'il perçoit au travers de son uniforme. Une voix suave susurre à son oreille :

— J'espère que tu aimes les surprises, mon bel adjudant…

Le cœur battant la chamade, Simon se retourne et d'un geste presque brutal, saisit Caroline par les hanches.

Ses mains remontent le long de son échine, la faisant frémir de tout son être.

La bouche du militaire effleure le creux de son cou, puis s'empare avec avidité de ses lèvres qui s'entrouvrent dans un gémissement sourd.

— Tu ne peux pas imaginer combien je suis heureux de te voir, mon amour… murmure-t-il en la soulevant dans ses bras.

*

Le visage posé sur le ventre de la jeune femme, Simon frissonne encore de plaisir. De son index droit, Caroline Haudebourg dessine des petits cercles concentriques, comme pour faire disparaître les tensions qui plissent le front du gendarme. Il pourrait demeurer ainsi dans ses bras des heures entières, oubliant les contrariétés de la journée.

Subitement, Caroline se redresse sur le lit et s'empare de son téléphone portable posé sur la table de chevet. Elle consulte l'écran.

— C'est pas vrai ! 21 h 10 ! s'écrie-t-elle en bondissant du lit. Il faut qu'on se dépêche : on va encore rater la séance de cinéma ! Allez… Debout, Simon !

Caroline secoue le corps engourdi du militaire pour le faire réagir, mais le jeune homme n'entend pas bouger d'un iota.

— Julien et Marion nous attendent… On ne peut pas leur faire le coup une seconde fois ! Allez, Simon !

Des vingt minutes qui ont suivi ces paroles, Simon n'en gardera que quelques fragments désordonnés. Une litanie de reproches, des éclats de voix, des larmes.

Une porte qui claque. Puis le silence…

Le front appuyé contre le mur de l'entrée, Simon tente de rassembler les dernières pièces du puzzle. Comment la soirée a-t-elle pu dégénérer en un battement de cils ?

Il se souvient de la douceur de Caroline, de ce sentiment de bien-être absolu qu'il éprouvait dans ses bras, il y a encore quelques minutes à peine. Les dernières paroles qu'il lui a adressées remontent à la surface, les unes après les autres. Des mots regrettables ! Quand Caroline lui a révélé qu'elle attendait un enfant, son enfant, des paroles malheureuses ont jailli de sa bouche. Comment a-t-il pu lui dire qu'il ne voulait pas de ce bébé ? Que ce n'était vraiment pas le moment, qu'il avait bien d'autres soucis en tête, sans parler de s'encombrer d'un gosse ?

*

Désemparé, Simon s'affale de tout son long dans le canapé en cuir, une bouteille de vodka à la main.

Il demeure ainsi, anéanti, dans l'incompréhension la plus totale.

S'il avait su que son refus d'aller au cinéma allait déclencher un tel cataclysme, il aurait rassemblé toutes ses forces pour s'arracher au corps chaud de Caroline. Il aurait enfilé un pantalon et une belle chemise pour lui faire plaisir. En somme, elle n'exigeait pas grand-chose de lui.

Caroline voulait simplement le présenter à sa sœur, officialiser leur relation en quelque sorte. La jeune femme lui a reproché de ne pas s'investir dans leur couple, trouvant toujours des prétextes pour échapper aux repas de famille ou aux sorties entre amis. Elle n'avait pas tout à fait tort sur ce point.

Ce que Simon voulait, c'était simplement la garder pour lui tout seul, ne pas avoir à la partager avec d'autres.

À présent, il réalise que ce plaisir égoïste vient de lui coûter très cher. Il donnerait tout ce qu'il a pour pouvoir remonter le temps et reprendre la soirée à zéro, depuis son entrée dans l'appartement.

S'il avait eu ce pouvoir de changer le cours des choses, il remonterait volontiers jusqu'au début de la journée.

Et quelle journée ! Celle du lendemain s'annonce tout aussi désastreuse.

À la première heure, il devra répondre de ses actes dans le bureau du lieutenant Hoffman. Il lui faudra trouver une bonne explication pour justifier ce coup de poing lancé dans la figure d'Hadrien. Coup de poing pourtant bien mérité !

Simon renverse la tête en arrière et porte le goulot de la bouteille à ses lèvres. Plus une goutte pour étancher sa soif.

Décidément, ce soir, tout part à vau-l'eau !

D'un geste rageur, il envoie la bouteille vide valdinguer à travers la pièce. Cette dernière percute le mur opposé et explose dans un grand fracas de verre.

Le gendarme s'extirpe du canapé et se dirige à grandes enjambées vers l'armoire qu'il ouvre d'un geste vif.

Plus aucune bouteille sur l'étagère.

Il lui faut à tout prix trouver de l'alcool. Tout de suite !

Ses doigts tremblent. La sueur envahit son front.

Le regard de Simon se porte sur la table de la salle à manger. D'un revers de la main, il balaie rageusement les assiettes et les verres que Caroline avait disposés pour leur dîner en amoureux. Les débris de verre et de porcelaine jonchent le carrelage.

Casser, détruire… Voilà la seule chose qu'il est capable de faire en ce moment !

Le miroir de l'entrée lui renvoie l'image effrayante d'un visage rongé par le remords : les cheveux hirsutes, le teint blafard, les yeux empreints de rage. Son reflet lui inspire une telle aversion qu'il brise la vitre d'un violent coup de poing.

Encore une fois, il a tout gâché ! Jamais Caroline ne lui pardonnera les mots blessants qui ont jailli de sa bouche ! Comment le pourrait-elle ? Elle qui se faisait une joie de lui annoncer qu'ils attendaient un heureux événement.

Malgré l'alcool qui coule dans ses veines, la douleur lui est insupportable. La vue du sang qui suinte de la plaie ne fait qu'exacerber son dégoût de lui-même.

Ivre de colère, Simon attrape sa veste et ses clefs de voiture. Sans savoir où il va, il dévale l'escalier, comme poursuivi par de vieux démons.

Chapitre X
Jamais deux sans trois

Dimanche 17 décembre, 2 heures du matin

Une pluie drue et incessante s'abat violemment sur le pare-brise du Peugeot Partner de la gendarmerie. Les essuie-glaces poussés dans une course effrénée peinent à déchirer le voile verglacé qui se reconstitue inlassablement.

À bord du véhicule, Hadrien Velganni et Paul Landrin scrutent les alentours.

Les deux militaires patrouillent depuis près de deux heures ; la fatigue commence à se faire sentir. Les paupières lourdes, ils sont comme hypnotisés par le mouvement erratique des balais d'essuie-glaces.

La voiture de fonction s'engage sur le rond-point du Super U et vire à droite vers le théâtre de la Fleuriaye. Elle progresse lentement sur le parking du bowling de Carquefou. À cette heure tardive de la nuit, l'endroit est désert.

Le conducteur, mains crispées sur le volant, maintient difficilement le cap tant la pluie et le vent s'acharnent sur la carrosserie.

Soudain, l'adjudant Paul Landrin pointe son index en direction d'une Toyota Auris noire garée au fond du parking. À cet endroit, les lampadaires ne sont jamais allumés. Il arrive parfois que des véhicules y stationnent la nuit.

— Vise un peu, Hadrien, lance le conducteur, encore un ivrogne qui cuve son vin dans sa bagnole ! On va le réveiller ou bien on le laisse dormir tranquille ?

— Enclenche le gyrophare ! On va le secouer un peu !

Paul Landrin se ravise.

— Attends, ce sont peut-être des amants qui partagent un bon moment. Perso, je n'aimerais pas me faire surprendre en plein ébat avec ma copine. Nous pourrions au moins attendre qu'ils aient terminé leur affaire, non ?

— J'en doute fort : l'habitacle de la Toyota est plongé dans l'obscurité. J'ai comme un mauvais pressentiment.

L'adjudant Landrin s'exécute et braque le volant à droite. Il positionne son véhicule derrière la Toyota. Avant d'ouvrir la portière, l'adjudant-chef remonte la capuche de sa parka. Il se tourne vers son équipier, un rictus moqueur au coin des lèvres.

— Bien entendu, Paul, tu descends avec moi ! Toutefois, reste en arrière : on ne sait jamais sur qui on peut tomber…

Tout en grommelant, Paul Landrin s'extirpe du véhicule.

Il se serait bien passé de cette petite escapade sous cette pluie diluvienne.

— Quel temps de chien ! grogne-t-il. Il y a des jours où je me demande vraiment ce que je fiche ici au lieu d'être bien au chaud sous la couette.

Parvenu à hauteur de la portière avant gauche de la Toyota, Hadrien Velganni se saisit de sa lampe torche et la braque sur la vitre. Le rideau de pluie qui fouette son visage l'empêche de distinguer clairement l'intérieur de la voiture. Il aperçoit cependant une forme penchée vers l'avant.

Le conducteur a dû s'assoupir, la tête posée sur le volant, le buste maintenu par la ceinture de sécurité. Intrigué par cette position singulière, Hadrien frappe une première fois contre la vitre.

Le bruit assourdissant du torrent qui s'abat sur le toit empêche probablement le conducteur de l'entendre. À l'aide de sa matraque télescopique, il frappe à nouveau deux coups beaucoup plus sonores que le précédent.

La silhouette endormie ne manifeste aucune réaction. Alors, d'un geste prudent, l'adjudant-chef ouvre la portière en s'annonçant d'une voix gutturale.

— Gendarmerie nationale ! Réveillez-vous, Madame !

Comme la conductrice ne réagit pas à ses sollicitations, l'adjudant-chef se penche plus en avant à hauteur de l'habitacle et la secoue en posant sa main sur son épaule. Il se redresse subitement, les yeux hagards.

— Paul, contacte le lieutenant ! On a une troisième victime sur les bras !

*

10 h 45, gendarmerie de Carquefou

À l'extérieur, la pluie a cessé brusquement de battre le pavé ; le soleil darde ses rayons cuivrés contre les vitres encrassées du bâtiment principal de la caserne.

Dans le bureau de l'adjudant-chef Velganni, c'est l'effervescence. La découverte d'un troisième cadavre, celui d'une jeune femme nommée Caroline Haudebourg, ébranle à nouveau la commune.

Les yeux rivés sur son écran d'ordinateur, Hadrien Velganni achève de saisir le rapport d'enquête ; ses doigts courent sur le clavier avec une agilité remarquable. Le dossier doit être transmis au procureur de la République dans les plus brefs délais. Ce dernier s'est déplacé dans la nuit sur les lieux de la découverte du corps, flanqué de son adjoint Karendel, tout aussi antipathique que lui.

Comme il fallait s'y attendre, la section de recherche de Nantes se voit confier cette nouvelle affaire criminelle en sus des deux autres. La semaine dernière, le procureur avait annoncé crânement un dénouement sous quarante-huit heures ; force est de constater que les deux OPJ nommés par le juge d'instruction ne sont pas plus avancés que les gendarmes de Carquefou. Le meurtrier de Camille Marsan et de Rose Frémont court toujours, si tant est qu'il s'agisse bien de la même personne.

La brigade de Carquefou, quoique dessaisie des enquêtes sous injonction du parquet de Nantes, poursuit ses investigations en catimini. Au risque de se faire rappeler à l'ordre, le lieutenant Hoffman tient à démasquer le monstre qui terrifie la population en cette veille de Noël, sans l'intervention de Lamoricière et si possible, dans les plus brefs délais.

Rabattre le caquet du vaniteux Dimitri Vendeuvre serait le plus beau des cadeaux de départ en retraite ! Lors de son dernier déplacement, le magistrat est allé bien trop loin en traitant ses hommes de « bons à rien ».

À quelques semaines de la retraite, le lieutenant n'a rien à perdre…

Par chance, le juge d'instruction, Philippe Lavalois et le lieutenant Hoffman sont amis de longue date. Les deux hommes se retrouvent régulièrement sur le terrain de golf de l'Epinay.

Un seul coup de fil aura suffi pour obtenir une faveur : le juge a consenti le détachement d'un enquêteur de la brigade de Carquefou au bénéfice de l'unité de recherche de Nantes. Le lieutenant a nommé l'adjudant-chef Velganni. L'intégrité de cet agent ainsi que son expérience d'homme de terrain ont guidé son choix.

L'adjudant Belfort ne s'est pas présenté à la caserne ce matin pour prendre son service. Le lieutenant Hoffman a cherché à le joindre à plusieurs reprises, mais il est tombé sur sa messagerie. Cette fois-ci, et quoi qu'il lui en coûte, le lieutenant a la ferme intention de mettre à pied son jeune protégé, histoire de lui remettre les idées en place. Jusqu'à présent, il a toujours couvert les écarts de conduite de Simon. Mais cela ne peut plus durer.

Calé au fond de son fauteuil, la tête inclinée sur le côté, l'adjudant-chef Velganni affiche un air circonspect.

Après une énième relecture du rapport, il ne parvient pas à saisir le mobile du meurtre de Caroline Haudebourg. Il a l'intime conviction qu'un détail important lui échappe, sans toutefois pouvoir déterminer lequel.

Les aiguilles de la pendule indiquent 11 h 30.

Hadrien ne peut se résoudre à fermer le dossier. Dans moins de trois heures, il lui faudra rejoindre la section de recherche de Nantes. Les OPJ l'y attendent afin de croiser les éléments des trois assassinats. Ils ont été recrutés en raison de leurs compétences numériques. À l'heure qu'il est, ils doivent être en train de passer au crible les données informatiques issues des ordinateurs portables de Camille Marsan et de la troisième victime, Caroline Haudebourg. Malgré les encouragements du lieutenant Hoffman, Hadrien n'a jamais voulu suivre de formation pour se perfectionner dans les domaines du numérique, préférant s'en remettre à la bonne vieille méthode : papier crayon !

Hadrien étire longuement les bras derrière sa nuque endolorie. Les paupières lourdes, il peine à garder les yeux ouverts. Il serait plus raisonnable de regagner son logement de fonction afin de se reposer un peu. Cela fait presque deux jours qu'il n'a pas fermé l'œil.

L'adjudant-chef se lève et se dirige tel un robot vers la machine à café de la salle de repos.

Quand il regagne son bureau, la double dose de caféine ingurgitée semble lui avoir donné un nouvel élan.

Jambes écartées à la manière des cow-boys, bras croisés sur le torse, il se tient droit comme une règle d'acier devant le tableau d'affichage en liège sur lequel il a punaisé les pièces du dossier. Les photos de la victime lui soulèvent le cœur. Il se concentre sur le rapport du médecin légiste ainsi que sur le relevé des prélèvements des scientifiques. Il égrène à voix haute toutes les données dont il dispose, comme s'il se parlait à lui-même.

« Procédons par ordre : Caroline Haudebourg, âgée de vingt-huit ans, 1,65 m, faible constitution, retrouvée sans vie au volant de son véhicule stationné sur le parking du bowling. »

Son attention se porte sur les derniers paragraphes stabilotés du rapport d'autopsie.

« *L'examen externe du corps démontre une cyanose au niveau du visage. Les yeux rouges indiquent une hémorragie sous conjonctivale. De la spume est visible au niveau du nez et de la bouche. La langue noircie est comprimée entre les dents. Présence d'ecchymoses et d'égratignures sur le cou, le nez et la bouche. Des stigmates unguéaux*[8]*. Présence de lésions traumatiques du cou : sillon horizontal, large de trois centimètres situé au-dessous de la pomme d'Adam. De manière générale, on retrouve les signes des asphyxies mécaniques, avec une congestion des viscères. Cause du décès : la compression de l'artère carotide a entraîné une ischémie cérébrale suivie d'un arrêt circulatoire.* »

Il ménage une courte pause avant de conclure :

« Tout ce jargon médical pour ne dire qu'une seule chose… La victime est morte étranglée ».

---

8. *Traces d'ongles en forme de demi-lune.*

Les techniciens ont récolté plusieurs indices à l'intérieur du véhicule: cheveux, fragments de tissu humain. À cela s'ajoutent des résidus de peau retrouvés sous les ongles de la victime. Les prélèvements ont été envoyés au laboratoire d'analyse du CHU de Nantes avant le lever du jour. Les résultats viennent tout juste de tomber. Un seul ADN a été identifié, celui de Caroline Haudebourg.

Si l'avant de la voiture comporte de nombreuses empreintes génétiques, la banquette arrière, quant à elle, est exempte de tout indice. Or, les premières constatations du légiste effectuées sur place sont formelles: le corps n'a pas été déplacé *post-mortem*. Au moment de la strangulation, le véhicule était à l'arrêt, à l'endroit où il a été retrouvé. Le meurtrier se trouvait donc nécessairement à l'arrière de la Toyota. Comment se fait-il alors qu'il n'y ait pas l'once d'une empreinte? Le meurtrier a-t-il fait le grand ménage avant de quitter l'habitacle?

Autre point d'achoppement; pourquoi a-t-il vidé le contenu du sac à main de la victime sur le siège avant passager, portefeuille et papiers d'identité mis en évidence? Curieuse mise en scène, tout de même…

L'adjudant-chef passe en revue les divers clichés pris à bord du véhicule. Il fixe son attention sur la boîte à bijoux en acajou retrouvée sur la banquette arrière du véhicule. Des inscriptions à demi effacées figurent sur le couvercle amovible.

Hadrien se réfère à la note correspondant à cette pièce à conviction. Les experts en graphologie sont parvenus à déchiffrer deux lettres entrecroisées: RF. Les bagues et les pendentifs en or n'ont pas été dérobés. De ce fait, le vol n'est pas le mobile du meurtre.

Son attention se porte à nouveau sur le rapport d'autopsie, notamment sur le deuxième paragraphe. L'examen atteste que la victime a eu des relations sexuelles avant son décès. Aucune trace de violence. Aucune ecchymose n'a été relevée sur le corps de la jeune femme. Il semble donc s'agir d'un rapport consenti. Cela laisse penser que la victime connaissait son agresseur.

Hadrien se ravise : cette conclusion ne colle pas avec le reste.

Désappointé, l'adjudant-chef Velganni dodeline de la tête. Non seulement ces indices ne mènent à aucune piste, mais en plus, ils se contredisent les uns vis-à-vis des autres.

Sentant une présence dans son dos, il tourne la tête en direction de la porte. L'adjudant Paul Landrin se tient debout dans l'encadrement, tenant une feuille de papier à la main, ne sachant s'il devait avancer ou reculer. Hadrien lui adresse un regard réprobateur.

— J'ai demandé à n'être dérangé sous aucun prétexte ! grommelle-t-il dans sa barbe.

— Oui, mais je pense que l'information qu'on vient tout juste de recevoir va te filer un sérieux coup de pouce…

Toute trace de mauvaise humeur disparaît du visage de Simon.

— Tu as toute mon attention, je t'écoute.

— Comme tu as dû le lire dans le dossier, la victime était équipée d'une montre connectée. Une Apple Watch pour être plus précis. Ça coûte une blinde ce genre de gadget ! Bref, ce petit bijou de technologie permet de passer et de recevoir des appels, mais aussi de lire et d'envoyer des SMS via une application qui…

— Va droit au but, l'interrompt-il, je ne suis pas né de la dernière pluie.

— Pour faire court, le labo nous a transmis une copie des appels émis et reçus dans les heures qui ont précédé le meurtre de Caroline Haudebourg. Je n'ai pas eu le temps d'y jeter un œil, mais avec un peu de chance, tu y trouveras la pièce manquante…

Hadrien s'empare avec une frénésie manifeste du document que lui tend le jeune adjudant. Il le parcourt rapidement. Son visage s'illumine.

— Alors ? s'impatiente Paul. Tu penses qu'on peut en tirer quelque chose ?

— Oui, et je dirais même… que cela va au-delà de mes espérances ! La victime a reçu quelques appels dans la soirée. Il y a notamment un numéro de portable qui apparaît plusieurs fois de suite. Je suis prêt à mettre ma main au feu qu'il s'agit de la personne avec laquelle elle a eu des rapports sexuels peu de temps avant son décès. Peut-être même est-ce celui de son assassin… On ne va pas tarder à le savoir !

Sans perdre une minute, l'adjudant-chef s'installe devant l'écran de son ordinateur et se connecte au fichier central. Il entre le numéro dans la base de données.

Paul Landrin se penche au-dessus de l'épaule de son collègue, les yeux comme deux ronds de flan, le teint blême.

— Inutile de chercher, je pense savoir à qui appartient ce numéro, balbutie-t-il.

L'adjudant-chef Velganni fait volte-face sur son fauteuil, tandis que Paul Landrin sort son téléphone portable de la poche de son uniforme.

Chapitre XI
Chute libre

Dimanche 17 décembre, 13 heures

Quand Simon Belfort pousse les portes de la caserne, la mine patibulaire, un silence de plomb s'abat sur les hommes en uniforme.

Les rares collègues qui croisent son chemin baissent la tête, détournent le regard ; les autres se terrent derrière les écrans d'ordinateur, l'air accaparé par des dossiers urgents à traiter. Les mâchoires sont crispées, les lèvres serrées. Dans les bureaux adjacents, le temps semble s'être arrêté.

Intrigué par cette atmosphère délétère, Simon s'engage d'un pas hésitant dans l'étroit couloir qui mène à son bureau.

— Eh bien, quelle ambiance ici !

Passant devant la porte des toilettes, il jette un rapide coup d'œil dans le miroir piqué de taches noires. Les traits tirés, des valises sous ses yeux, le teint blafard : une vraie tête de bandit qui porte encore les stigmates de la veille. Plus que jamais, l'expression « gueule de bois » lui sied à merveille. Un masque hideux en lieu et place du visage angélique qu'il arbore habituellement le rend presque méconnaissable. Pas étonnant que les collègues le regardent de travers.

Lorsqu'il pénètre dans son bureau, l'adjudant Paul Landrin l'y attend avec une impatience manifeste. Il arpente la pièce de long en large, comme un lion en cage, les mains croisées. Il vient à la rencontre de Simon et se poste devant lui, les yeux embués.

— Je suis sincèrement navré, Simon, je ne sais pas quoi te dire…

Consterné, Simon le dévisage.

— Ah ! Je vois ! Je suppose que toi aussi tu as entendu notre dispute hier soir. Toute la brigade était aux premières loges, je présume. Je comprends mieux pourquoi on me traite comme un pestiféré ce matin. Mais ne t'inquiète pas, je vais essayer d'arranger les choses. Caroline n'est pas près de me pardonner, mais avec le temps, comme on dit, « tout s'arrange » !

Interdit, Paul se tient immobile face à son collègue et ami. De toute évidence, Simon n'est pas au courant pour Caroline… Il ne sait pas que sa petite amie a été assassinée cette nuit. Comment le lui dire ? Comment trouver les mots ?

— Tu n'as pas vu les messages que je t'ai envoyés ?

— Non, mon téléphone est déchargé. Pourquoi me regardes-tu comme ça ? Tu as vraiment un drôle d'air. Mais qu'est-ce que vous avez tous aujourd'hui ?

— Écoute, Simon. Je ne sais pas comment te le dire. Il s'est produit un grand malheur… dit-il dans un souffle. Va voir le lieutenant, il t'attend dans son bureau.

Que le lieutenant l'attende de pied ferme, Simon n'en doute pas une minute! Avec un tel retard, il n'échappera pas à une belle remontrance…

— Ensuite, si tu as envie de parler, je serai là.

Simon remet un peu d'ordre dans ses cheveux ébouriffés. Il constate que le revers de la manche de sa chemise blanche est entaché. À la vue du sang, ses mâchoires se contractent. Des réminiscences de la soirée surgissent. Des images qu'il aurait préféré oublier déferlent sans ordre apparent comme des flashs débridés, incontrôlables.

Il prend une profonde inspiration afin de se ressaisir. Difficile d'y voir clair tant son esprit est embrumé. Il remonte les deux manches de sa chemise. Puis, il quitte la pièce sans un mot.

Quand Simon pénètre dans le bureau de son chef, il constate avec déplaisir que l'adjudant-chef Velganni est lui aussi présent. Les visages sont verrouillés. Simon se racle la gorge; il sait ce qu'il faut dire dans ce genre de situation. Ce n'est pas la première fois qu'il arrive avec autant de retard à la caserne.

Faire profil bas, présenter les plus plates excuses sans chercher à se justifier. Son discours est bien rodé. Le lieutenant Hoffman va très certainement adopter un ton sentencieux de circonstance. Il va lui rappeler son devoir de probité et la nécessité de montrer l'exemple au sein de la brigade. Il tapotera affectueusement son épaule en lançant « Allez, va, et tâche de ne pas recommencer! »

Sans la présence d'Hadrien dans le bureau du chef, l'exercice de style aurait été bien plus facile.

— Mon lieutenant, je n'ai aucune excuse, je sais que ce n'est pas la première fois, mais…

— Assieds-toi, Simon.

*

Simon ressort du bureau du lieutenant une heure plus tard, anéanti par l'annonce de la mort de Caroline. Il referme la porte, s'adosse contre le mur du couloir et se laisse glisser lourdement sur les talons, la tête entre les mains. De violents spasmes secouent son corps. Paul se précipite et l'entraîne par le coude jusqu'à la salle de repos.

Le front plaqué contre la table, Simon ne bouge plus, pétrifié d'effroi. Toutes ses forces l'ont abandonné, parler lui est impossible.

Enfin, après un long silence, Simon se redresse, l'air hagard. Les lèvres serrées, il regarde tout autour de lui comme s'il découvrait la pièce pour la première fois. Son ami se tient devant lui, mais il semble ne pas le reconnaître.

— Je ne sais que dire, Simon…

En entendant ces mots, le malheureux s'effondre à nouveau, les mains plaquées sur son visage, le dos courbé sur les genoux. Simon se met à pleurer comme un gosse.

Lorsqu'il relève la tête, il a le regard de ceux qui ont tout perdu. Paul tire une chaise et vient s'asseoir à ses côtés.

— Dis-moi au moins ce que je peux faire pour t'aider.

— M'aider ? répète-t-il d'un ton désabusé. Personne ne peut m'aider ! J'ai tout fichu en l'air, tu comprends ? Je me suis disputé avec Caroline parce que je ne voulais pas aller au cinéma… C'est ma faute ! Elle est partie en claquant la porte. Si nous étions allés au cinéma comme prévu, rien de tout cela ne serait arrivé ! À présent, elle est… Jamais elle ne saura combien je l'aime… Combien je regrette !

Paul pose sa main sur celle de Simon.

— Je ne sais pas quoi te dire, Simon. Je suis profondément peiné pour toi. Je ne la connaissais pas vraiment, on avait dû se croiser deux ou trois fois dans les couloirs, mais chaque fois que tu me parlais d'elle, tu avais toujours des étoiles au fond des yeux. Il faut que tu saches : j'étais présent quand on a découvert son… Quand on a trouvé Caroline sur le parking du bowling. Je n'ai pas fait le rapprochement tout de suite… Ce n'est que lorsque j'ai vu ton numéro de téléphone sur le bureau d'Hadrien que j'ai compris qu'il s'agissait de ta petite amie… On va tout mettre en œuvre pour retrouver celui qui lui a fait du mal. Tu peux me faire confiance !

— Le lieutenant et Velganni sont convaincus que c'est moi qui ai tué Caroline ! Je dois être en plein cauchemar et je vais me réveiller !

— Velganni, peut-être, mais le lieutenant, ça m'étonnerait…

— C'est ce que tu crois ! Il vient de me suspendre… J'ai dû lui remettre mon arme.

— C'est la procédure habituelle, tu le sais bien… Il n'a pas d'autre alternative que de te tenir à distance de l'enquête. Raconte-moi ce que le lieutenant t'a dit exactement.

— Rien… Il ne m'a rien dit et c'est justement ce que je lui reproche. Quand je suis entré dans son bureau, il se tenait assis dans son fauteuil, figé comme une statue. C'est comme si j'étais soudainement devenu un étranger à ses yeux. Il n'a pas desserré les lèvres de tout l'entretien. En revanche, Velganni s'est lancé dans une litanie de reproches et d'accusations aussi sordides les unes que les autres. Pas une seule fois, le lieutenant n'a remis Velganni à sa place. Son silence n'a fait que l'encourager.

— Ça n'a rien d'étonnant en soi !

— Te rends-tu compte, Paul ? Ils sont convaincus que j'ai tué Caroline ! répète-t-il, l'air incrédule. Le lieutenant me connaît depuis que je suis gosse ! Et il me traite comme un assassin ! C'est déjà suffisamment difficile pour moi d'apprendre que Caroline est… Que Caroline est morte…

— Hadrien disposerait de preuves accablantes, en tout cas, c'est ce qu'il a dit…

— Accablantes ? Mais, Paul, tu ne me crois quand même pas coupable toi aussi ?

— Non, bien sûr que non ! Mais reconnais, Simon, que ces derniers jours, tu as eu une attitude assez étrange, voire inquiétante. Et d'après ce que j'ai entendu ce matin, Hadrien te surveille depuis un petit moment déjà.

— Qu'est-ce que tu as entendu exactement ?

— Caroline t'a envoyé un SMS quelques instants avant de mourir, précisant qu'elle ne voulait plus te voir, qu'il fallait que tu la laisses tranquille.

— Cela ne fait pas de moi un criminel !

— Velganni est sur les dents ! Trois meurtres en une semaine ! Chacune des trois victimes présente un lien direct avec toi, et les trois meurtres ont été de toute évidence commis par le même individu. Il y a de quoi se poser des questions, tu ne trouves pas ?

— Velganni ne va pas en plus me coller les deux autres assassinats sur le dos ! Et puis, je ne comprends pas, quel rapport y a-t-il entre Caroline et les deux autres victimes ?

— Nous avons retrouvé sur la banquette arrière de la voiture de Caroline la boîte à bijoux de Rose Frémont. Ses initiales étaient gravées dessus. Son neveu, Jérémie Rousseau, a déclaré que cet objet a bien appartenu à sa tante. Le téléphone portable de Camille Marsan se trouvait quant à lui, dans la poche du tablier de Rose Frémont. Les trois meurtres sont liés par ces deux objets, cela ne fait aucun doute : ces femmes ont toutes été tuées par le même homme. Tu connaissais les trois victimes, par conséquent, Hadrien en déduit que tu es l'assassin que nous recherchons.

— C'est absurde ! On nage en plein délire ! Et pourquoi les aurais-je tuées, d'abord ?

Paul se redresse et se poste devant la fenêtre. Les rayons du soleil au contact de sa chevelure dorée forment un halo de lumière, lui conférant des airs d'angelot. Il croise les bras sur sa poitrine qui se soulève anormalement. Au fond de lui, il sait bien que Simon est incapable de commettre de telles atrocités.

— Toi aussi, Paul, tu crois que je suis un assassin ?

— Arrête un peu, Simon… Ce que je crois, c'est que quelqu'un cherche à te faire porter le chapeau. Le meurtrier a laissé un indice sur chaque scène de crime afin que nous puissions aisément relier les trois affaires les unes aux autres. Par ailleurs, l'assassin s'est arrangé pour qu'on puisse remonter jusqu'à toi. On ignorait jusqu'à présent le mobile des meurtres : il ne s'agit ni de vol ni d'agression sexuelle… Maintenant, j'ai la quasi-certitude que l'objectif est de te nuire. Quelqu'un cherche à t'atteindre !

— C'est bien réussi ! parvient-il à articuler d'une voix sanglotante.

— Un vrai coup de maître : aucune trace ADN, aucun indice de quelque nature que ce soit. Il fait le ménage systématiquement derrière lui et porte des protections telles que des gants et des surchaussures. Cet individu est machiavélique ; il ne laisse rien au hasard. Il a dû préparer son coup de longue date. Et surtout, c'est un être ignoble, capable de commettre des actes d'une rare sauvagerie comme égorger une pauvre invalide avec un couteau de chasse.

— Un couteau de chasse, dis-tu ?

Les deux hommes s'observent longuement. Paul fait un signe de la tête en direction du bureau de Guillaume qui se trouve à côté du sien.

— Parle moins fort… Hadrien est juste à côté, il pourrait t'entendre. Je ne tiens pas à ce qu'il sache que je le suspecte.

— Hadrien ? Non, mais, t'es complètement malade, Paul ! Tu crois vraiment qu'il me déteste à ce point ?

— Honnêtement ? Oui ! répond-il en parlant d'une voix à peine audible. De toutes les personnes de ton entourage, c'est lui qui a le plus de raisons de t'en vouloir à mort : il ne te déteste pas, il te hait ! Rappelle-toi, tu lui as piqué sa petite amie Ludivine. Hadrien n'est pas le genre d'homme à pardonner aussi facilement, crois-moi ! Sans compter qu'il est persuadé que tu vas lui prendre son poste au sein de la brigade. Il sait combien le lieutenant t'apprécie, il n'est pas aveugle. Donc, tu vois, non seulement il en a les moyens, mais aussi le mobile.

— Tu délires, là !

— Écoute un peu la suite ! Cette nuit, j'étais de garde ici. Figure-toi qu'il s'est absenté de la brigade entre minuit et deux heures du matin, sans nous donner d'explications… C'est étrange, non ? Cela lui laissait largement le temps de commettre le meurtre et de revenir à la brigade. Nous sommes partis en patrouille tous les deux, dix minutes après son retour à la caserne. Ne trouves-tu pas que c'est une étrange coïncidence ?

Paul s'interrompt quelques instants, perdu dans ses pensées.

Puis, il reprend le fil de ses explications avec plus d'ardeur.

— J'avais moi-même établi la feuille de route. Et c'est Hadrien lui-même qui a tenu à faire un détour. C'est sur ses ordres que nous avons pris la direction du bowling. Par ailleurs, il n'a pas semblé surpris outre mesure quand nous avons découvert le corps de Caroline. Plus j'y pense, et plus je me dis que je ne suis pas loin de la vérité. Deux des trois victimes ont occupé une place dans ta vie sentimentale, ce ne peut être le simple fruit du hasard.

— C'est certain, mais j'ai beaucoup de mal à croire qu'il ait pu se venger simplement à cause de cette vieille histoire…

— Pas si vieille que cela ; bientôt un an… Presque à date anniversaire !

Une pensée terrifiante jaillit dans l'esprit de Simon. Amandine ! Amandine pourrait être en danger ! Hadrien est convaincu qu'il entretient une relation amoureuse avec elle. Quand bien même Hadrien ne serait pas l'assassin, le véritable meurtrier pourrait lui aussi avoir cette certitude. Ce qui placerait Amandine en quatrième position sur la liste des victimes. Cette seule pensée provoque en lui une angoisse insoutenable. Elle n'a pas donné signe de vie depuis deux jours. Simon se lève d'un bond et se précipite vers la porte. S'il n'a pas pu empêcher le meurtre de Caroline, il doit pouvoir protéger son amie Amandine.

— Attends, Simon, où vas-tu ?

— Amandine est peut-être en danger ! Je file chez elle !

Chapitre XII
Une terrible désillusion

Lundi 18 décembre, 12h50

Les jambes croisées, les mains posées sur les genoux, Amandine s'impatiente.

Cela fait une demi-heure qu'elle attend, assise sur une chaise, au milieu de la pièce. L'adjudant-chef Velganni lui a demandé de se présenter à la gendarmerie à 12h15.

Elle observe le ballet des gendarmes qui vont et viennent, semblant l'avoir oubliée là, dans cette salle inhospitalière. La décoration est spartiate: deux bureaux de couleur sombre sont disposés l'un en face de l'autre. Sur le mur à droite, une immense carte de la commune grignotée par le temps, un vieux poster rappelant les exploits du club de football de Carquefou, lors de la Coupe de France de 2008. Plaqué contre le mur de gauche, un amoncellement de casiers métalliques menace de s'effondrer à tout moment. Des effluves malodorants émanent des moisissures qui tapissent le bas des murs.

Personne ne lui adresse la parole, personne ne la regarde. Serait-elle devenue invisible ? Simon va apparaître d'une minute à l'autre et l'arracher à cette attente interminable, oppressante.

Ses espoirs s'évanouissent au fur et à mesure que les aiguilles de la pendule avancent. Il sera bientôt 13 h 00. Simon ne viendra pas ! Alors, le remords la saisit, monstre hideux et sournois qui vous prend quand vous vous y attendez le moins. Amandine se dit qu'elle n'aurait pas dû se comporter ainsi avec Simon ! Il a tenté de la joindre à maintes reprises. Mais elle n'a pas daigné lui répondre. Maudite jalousie ! Lorsqu'elle a reçu son SMS, jeudi soir, lui expliquant qu'il ne viendrait pas passer la soirée avec elle comme prévu, elle a ressenti une douleur intense, comme un coup de poignard dans le ventre. Simon a décliné son invitation pour aller rejoindre une autre femme, cela ne faisait aucun doute. Cette seule pensée l'avait anéantie sur place. Elle s'était alors ruée sur le téléphone. Seul le docteur Levasseur avait le pouvoir de la calmer. À l'autre bout du fil, la voix apaisante de Karen avait rapidement fait son œuvre.

L'imposante silhouette de l'adjudant-chef Velganni apparaît enfin, un épais dossier sous le bras gauche, une tasse fumante dans la main droite. Il pose le café avec une précaution extrême afin de ne pas renverser le précieux contenu. En revanche, il claque le dossier sur le bureau, comme pour impressionner la jeune femme.

— Non, merci, je ne bois jamais de café !

— Le café est pour moi !

— Je pensais que c'était une petite compensation pour l'attente…

L'adjudant-chef la toise de son regard sombre.

Amandine a déjà croisé ce gendarme dans l'escalier qui mène à l'appartement de Simon, mais vu de près, il lui apparaît franchement antipathique. Un seul mot lui vient à l'esprit : « rustre ».

L'adjudant-chef s'assoit tranquillement derrière son bureau et ouvre le dossier. Il en extrait divers documents qu'il dispose sur le bureau selon un ordre précis.

Amandine remarque qu'il retourne deux feuillets cartonnés de sorte qu'elle ne puisse pas les voir. Sans daigner lui adresser la parole, il se plonge dans la lecture d'un rapport, faisant cliquer son stylo à bille à intervalles réguliers.

Quand le gendarme lâche enfin son crayon, il s'empare de la tasse et se met à aspirer le liquide brûlant par petites gorgées.

Au comble de l'agacement, Amandine pousse un profond soupir.

— Puis-je connaître la raison de ma présence ici ? Au téléphone, vous vous êtes montré bien mystérieux… Et je ne parle même pas du ton que vous avez employé !

L'adjudant-chef relève la tête et pose son café à moitié vide.

— Mademoiselle Doucet, j'enquête sur trois homicides, aussi, vous comprendrez que je n'ai ni le temps ni l'envie de recourir à de la fausse courtoisie. Vous vous doutez bien que je ne vous ai pas fait venir ici pour prendre le café avec moi ! Cela dit, je reconnais que j'ai pu en effet me montrer quelque peu directif…

— C'est le moins que l'on puisse dire, marmonne-t-elle entre ses lèvres.

L'adjudant-chef feint de ne pas avoir entendu cette dernière remarque : mieux vaut ne pas se la mettre à dos dès le début de l'entretien. S'il veut obtenir des informations, il est préférable de se montrer plus diplomate.

Hadrien Velganni a tout de suite cerné la personnalité de la femme qui se tient devant lui. Cela fait quatre mois qu'il la voit aller et venir à la caserne, principalement le soir. La fenêtre de son appartement offre une vue plongeante sur l'entrée privée de la caserne ; depuis son canapé, il peut observer tout ce qui se passe sur le parking, sans être vu.

Amandine se cale contre le dossier de la chaise, parée à toute épreuve : elle sait parfaitement à qui elle a affaire. Simon lui a brossé le portrait de cet individu dont la dureté n'a d'égale que l'arrogance.

D'une voix presque doucereuse, l'adjudant-chef commence par l'interroger sur la nature de ses relations avec l'adjudant Belfort.

Amandine, sans prendre le temps de réfléchir, lui répond avec beaucoup d'aplomb dans la voix :

— Je ne vois pas du tout en quoi cela vous regarde ! Je ne suis pas tenue de répondre à des questions d'ordre personnel !

À chacune des interrogations que l'adjudant-chef pose, la jeune femme se montre particulièrement réfractaire, éludant chaque question avec une adresse remarquable.

N'ayant plus d'autre choix, d'un geste vif et précis, l'inspecteur retourne les deux feuillets cartonnés qu'il tient devant lui. Puis, du bout des doigts, les fait glisser sous les yeux de la jeune femme.

Le premier cliché représente le corps de Camille Marsan gisant dans une flaque de sang. Sur le second, Caroline Haudebourg apparaît, un foulard bleu et rose enroulé autour de son cou frêle. Son incompréhension et sa terreur sont figées dans une grimace effroyable. Le blanc des yeux injecté de sang contraste avec la face cyanosée. La bouche entrouverte semble chercher de l'air. Amandine, comme hypnotisée, ne parvient pas à détacher son regard de cette photographie.

— Connaissiez-vous ces deux jeunes femmes ?

— Non !

— Avez-vous des informations à me communiquer à leur sujet ?

— Je viens de vous dire que je ne connais pas ces personnes.

Se penchant plus en avant sur son bureau, l'adjudant-chef plonge son regard inquisiteur dans celui d'Amandine. Celle-ci ne détourne pas les yeux.

— Je sais que vous ne me dites pas la vérité, mademoiselle Doucet. Qui cherchez-vous à protéger ?

— Personne. Je n'ai rien à vous dire, un point c'est tout ! Et puis, qu'est-ce qui vous fait penser que je pourrais détenir des informations à leur sujet ?

Hadrien Velganni s'enfonce dans le dossier de son fauteuil. De la main droite, il s'empare de son stylo et se remet à le faire cliquer tout en fixant la jeune femme. Il réfléchit au meilleur moyen de frapper vite et fort. Ce petit jeu a assez duré, d'autant que la patience n'est pas la première de ses qualités.

— Ces deux charmantes personnes fréquentaient intimement l'adjudant Belfort… Au même titre que vous… Il me semble.

— Et alors ?

— Et alors ? Je vous rappelle que ces deux femmes ont été retrouvées sauvagement assassinées ! Je répète ma question : quelle est la nature exacte de votre relation avec l'adjudant Belfort ?

— Nous sommes amis, rien de plus, rien de moins. Je ne comprends vraiment pas où vous voulez en venir.

— Caroline Haudebourg a quitté l'appartement de l'adjudant Belfort samedi aux environs de 22 h 30. La victime lui a envoyé un dernier message à 23 h 15, message dans lequel elle lui disait qu'elle ne voulait plus jamais le revoir. Son cadavre a été retrouvé dans sa voiture sur le parking du bowling à 3 heures du matin. Vous commencez à saisir où je veux en venir ?

Amandine croise les bras sur sa poitrine, bien décidée à ne plus desserrer les lèvres.

Hadrien soupire, exaspéré par l'entêtement de son interlocutrice.

— Ceci est une capture d'écran du téléphone portable de l'adjudant Belfort. « *Il est tard, je sais, mais faut que je te voie. J'ai fait une connerie !* » Ce message vous a été envoyé à 23 h 20. Toujours rien à me dire ?

— En effet, j'ai bien reçu ce SMS, et alors, qu'est-ce que cela prouve au juste ?

— Cela signifie que l'adjudant Belfort voulait vous prévenir qu'il venait de tuer Caroline Haudebourg !

— Simon, tuer une femme ? Vous n'y pensez pas ! s'esclaffe-t-elle d'un rire forcé. De toute façon, ce n'est pas possible : il a passé la nuit chez moi. Je l'ai rappelé et il est passé à 23 h 45.

— Vous mentez fort mal, mademoiselle Doucet ! L'historique de ses appels le prouve : il n'a reçu aucun appel de votre part !

— Peut-être... Attendez, vous dites que la victime lui a envoyé un message à 23 h 15 ? Or, je ne vois pas comment à 23 h 20 il aurait pu m'envoyer ce SMS en l'ayant déjà assassinée ! Vous croyez sincèrement qu'il aurait eu le temps de se déplacer, puis de l'étrangler et enfin de m'écrire un message, et tout cela bien entendu, en moins de cinq minutes ?

Au comble de l'agacement, Hadrien se lève de son fauteuil et vient se poster juste derrière Amandine ; il pose doucement ses mains sur le dossier de la chaise. D'une voix étrangement calme, il reprend :

— Je comprends votre position, mais trois meurtres ont été commis en moins d'une semaine, probablement par la même personne. Trois femmes, deux d'entre elles étaient intimement liées à l'adjudant Belfort. De deux choses l'une, soit vous mentez pour le défendre, soit vous avez des choses à nous cacher.

— Pendant que vous y êtes, accusez-moi aussi d'avoir assassiné ces pauvres femmes ! Dois-je contacter mon avocat ?

— C'est à vous de voir !

Excédée par l'attitude du militaire, Amandine se lève promptement. L'adjudant-chef la saisit fermement par l'avant-bras et la contraint à se rasseoir. Puis, d'un geste brusque, il fait pivoter la chaise de sorte qu'Amandine se retrouve face à lui. Il avance son visage très près du sien. Amandine soutient son regard sans sourciller.

— Écoutez-moi bien, mademoiselle Doucet. Si vous vous obstinez à me mentir de la sorte, je vous promets que vous ne ressortirez pas de ce bureau avant un long moment. Une petite garde à vue de quarante-huit heures devrait vous aider à retrouver la mémoire. Je vous repose donc la question une dernière fois : avez-vous des informations à me communiquer sur ces deux jeunes femmes ?

Les yeux noirs d'Hadrien la fixent avec intensité. Il est si proche qu'elle peut sentir le souffle chaud de cet homme sur ses joues. Elle a la sensation qu'à tout moment il pourrait lui sauter à la gorge. Ils restent ainsi de longues secondes à se défier du regard. L'adjudant-chef n'est pas le genre d'homme à lancer des menaces en l'air.

— Bien, comme vous voulez, mademoiselle Doucet !

Le gendarme se redresse promptement et retourne s'asseoir à son bureau. D'un geste franc, il s'empare du téléphone et compose un numéro avec agilité.

— Attendez ! supplie-t-elle d'une voix à peine audible.

— Je vous demande pardon ? Je n'ai pas bien entendu…

— Raccrochez, je vais vous dire ce que je sais.

L'air pleinement satisfait, l'adjudant-chef raccroche le téléphone et pose ses doigts sur les touches du clavier de son ordinateur.

— Voilà qui est plus raisonnable, mademoiselle. Nous allons tout reprendre depuis le début. Je vous écoute !

*

Une heure plus tard, Amandine ressort du bureau de l'adjudant-chef Velganni, la tête baissée, les yeux brillants. De son index, elle essuie discrètement les larmes qui naissent aux coins de ses yeux.

Hadrien Velganni la raccompagne à la porte de la caserne, sans un mot, l'air grave. Il glisse sa carte professionnelle dans la main d'Amandine.

— N'hésitez pas à me contacter si besoin, de jour comme de nuit.

Lorsque la jeune femme prend place derrière le volant de sa voiture, elle laisse éclater sa rage, ivre de tristesse et de douleur. Les paroles de l'adjudant-chef résonnent encore dans sa tête. « Caroline Haudebourg attendait un enfant de Simon, vous ne le saviez pas ? Vous étiez pourtant très proches tous les deux »

Comment Simon avait-il pu la trahir ainsi ? Caroline était enceinte ! Elle portait son enfant… à lui !

Chapitre XIII
Un havre de paix

Lundi 18 décembre, 18 heures

Simon enclenche le clignotant à gauche et quitte la départementale 178 en direction du village du Grand Fresne. Le véhicule lancé à vive allure traverse plusieurs hameaux isolés aux allures fantasmagoriques. De minces filets de brume zèbrent le paysage déjà endormi.

Après plusieurs kilomètres sur les routes de campagne, la voiture s'engage dans un chemin étroit et sinueux, à peine carrossable. De part et d'autre de l'allée, d'immenses buis séculaires forment une voûte sombre qui ressemble à un long tunnel sans fond. L'adjudant Belfort aperçoit enfin le portail en bois qui marque l'entrée de la propriété.

Avant de s'engouffrer à pied dans la nuit glaciale, le jeune homme coupe le moteur et jette un œil dans le rétroviseur central. Depuis son départ de la caserne de Carquefou, il a comme le vague pressentiment d'avoir été suivi. Difficile de discerner quoi que ce soit tant l'obscurité est dense.

Le grand portail est fermé à clef, il n'a pas d'autre alternative que de l'escalader. Parvenu de l'autre côté du mur, Simon constate avec soulagement que la Clio d'Amandine est bien garée sous le porche. Il ne s'est pas trompé : son amie est venue se réfugier dans la maison de son grand-père. C'est certainement pour cette raison qu'il ne parvient pas à la joindre. La couverture du réseau est très mauvaise dans les environs.

Suite au décès de son grand-père, au printemps, la jeune femme n'avait pu se résoudre à vendre le domaine familial. Sur son lit de mort, le vieil homme lui avait fait promettre de ne pas laisser d'étrangers mettre les pieds au Grand Fresne. Depuis la fuite du père d'Amandine, Gustave Joyau demeurait la seule figure paternelle de référence. Parfois, le vendredi soir, Amandine venait se ressourcer dans ce havre de paix, coupé du reste du monde. Elle aimait se perdre dans la forêt de frênes qui entoure la propriété. Elle n'en repartait que le lundi matin pour rejoindre les bureaux de l'agence de voyages, requinquée et prête à affronter les vicissitudes du quotidien.

La bâtisse, ornée de pierres apparentes, date du début du XIXe et commence à se déliter progressivement, faute de moyens pour l'entretenir. Simon gravit deux à deux les marches du perron. Il secoue vigoureusement le heurtoir de la porte, mais personne ne vient lui ouvrir. Amandine a dû s'aventurer dans les bois et se faire surprendre par la nuit. Elle ne devrait pas tarder à rentrer.

Simon sait qu'Amandine est capable de se diriger dans le noir tant elle connaît chaque recoin de la forêt, mais elle est tellement peureuse qu'elle ne s'attardera pas bien longtemps dans les bois toute seule.

Curieusement, la porte d'entrée n'est pas verrouillée. Un long frisson parcourt l'échine du gendarme du haut jusqu'en bas. Il prend une profonde inspiration afin de chasser l'inquiétude qui commence à le gagner peu à peu.

Et s'il lui était arrivé malheur ? Non vraiment, cela n'a pas de sens ! Pourquoi le meurtrier s'en prendrait-il à Amandine ?

Sa relation avec la jeune femme n'a absolument rien à voir avec celles qu'il a eues avec Camille et Caroline. De simples amis, voilà ce qu'ils sont l'un pour l'autre, de simples amis !

Mais, l'assassin le sait-il ? Et que penser du meurtre de Rose Frémont, la vieille dame du Charbonneau ? Quel était réellement le mobile de cet homicide des plus sordides ?

Poussé par l'angoisse, Simon pénètre dans la maison en renouvelant ses appels. Personne ne lui répond. Il s'engage dans l'étroit couloir qui mène au salon.

À l'intérieur de celui-ci, le mobilier et les tapisseries paraissent hors d'âge. Dans l'âtre, une bûche à moitié consumée diffuse une chaleur et une lumière apaisantes. Simon réchauffe ses mains quelques instants, éprouvant une douce sensation de réconfort. Puis il déambule dans la pièce, sans trop savoir exactement ce qu'il cherche.

Son regard est tout d'abord attiré par une lampe à pétrole en laiton qui trône au milieu de la grande table ovale. La grand-mère de Simon en avait une identique à celle-ci. Il ne peut s'empêcher de l'effleurer du bout des doigts. De doux souvenirs d'enfance lui reviennent en mémoire au contact de cet alliage. Il s'avance un peu plus dans la pièce et découvre de vieilles photographies encadrées, posées sur le buffet en chêne massif. Sur l'une d'entre elles, une petite fille se tient sur les genoux d'un homme d'âge bien avancé. Il croit y reconnaître le visage insouciant de son amie. La mère d'Amandine enlace tendrement son époux, tandis que celui-ci, le regard vide, semble déjà ailleurs.

La sonnerie d'un téléphone portable lui parvient depuis la pièce adjacente.

Amandine a dû oublier son téléphone avant d'aller faire un tour dans la forêt. Ce n'est pas malin…

Le gendarme se dirige alors instinctivement vers la porte du bureau légèrement entrouverte ; il appuie sur l'interrupteur.

Quand la lumière jaillit du plafonnier, Simon est sidéré par ce qu'il voit. Sur tout un pan de mur, des articles de presse, des photographies et une immense carte de la commune de Carquefou sont punaisés. Des Post-it jaunes ont été disposés à différents endroits, tels de petits papillons dorés. Parmi les photographies, le gendarme reconnaît immédiatement le visage de Caroline. Le cœur serré, la gorge nouée, il pénètre dans le bureau en chancelant.

L'implication d'Amandine dans la rédaction de son roman dépasse l'entendement ! Où diable a-t-elle bien pu se procurer tous ces documents ? Des rapports d'autopsie sont également affichés sur le mur de gauche. Comment a-t-elle fait pour obtenir toutes ces informations confidentielles ? Un autre gendarme les lui a sans nul doute délivrées, mais qui ? Dès qu'elle rentrera, Simon compte bien lui poser la question. Le seul autre militaire avec lequel elle a pu avoir des contacts, c'est Paul. Elle ne connaît aucun autre membre de la brigade.

Simon se dirige vers la carte Michelin fixée au mur. Quatre croix ont été dessinées à l'encre rouge. Trois d'entre elles correspondent au lieu de découverte des cadavres de Camille Marsan, Rose Frémont et Caroline Haudebourg. Simon se rapproche davantage pour distinguer le quatrième emplacement signalé : la croix marque précisément le domaine dans lequel il se trouve.

En se retournant, il heurte le fauteuil à roulettes du bureau. L'écran de veille de l'ordinateur laisse alors apparaître une page Word. Il s'agit probablement du roman policier que son amie écrit en ce moment.

Poussé par la curiosité, Simon tire le fauteuil et s'installe devant le clavier. Il n'est pas tout à fait certain que cela plaira à la jeune femme, mais puisqu'il lui faut attendre son retour, autant occuper le temps. Amandine lui a déjà fait lire plusieurs pages dans lesquelles il apparaît sous les traits d'un militaire aussi vaillant qu'impétueux. Rien à voir avec lui… Mais, peut-être est-ce ainsi que la jeune femme le voit.

Simon entame la lecture des pages affichées à l'écran, sans comprendre véritablement ce qu'il lit. Il doit s'y reprendre à deux fois pour saisir la scène décrite pourtant avec force détails. Dans ces pages, un homme dont l'identité n'est pas précisée se trouve étendu au fond d'une cave froide et humide. Un bandeau sur les yeux l'empêche de distinguer son environnement. Il tremble de froid et de peur. Des chaînes rouillées entaillent ses poignets ensanglantés.

Le gendarme fronce les sourcils : il est incapable de situer le passage qu'il vient de lire. Or Amandine lui a pourtant raconté l'intrigue dans les moindres détails. Aurait-elle modifié le scénario initial ? Le seul moyen d'en avoir le cœur net, c'est de reprendre l'histoire à son début.

Chapitre XIV
Prologue, L'ombre de Port-Jean[9]

D'immenses nuages sombres envahissent le ciel de Port-Jean. La nuit va bientôt s'abattre sur la campagne endormie. Les températures négatives et le vent me glacent les os. Pourtant des perles de sueur naissent sur mon front, comme si une fièvre soudaine s'était emparée de tout mon être. Des tremblements furieux secouent mon corps tendu comme un arc.

Je m'installe au bord du sentier pédestre, derrière un buisson massif que j'avais repéré la veille. Je demeure ainsi, les jambes repliées sous mon torse. Il me faut patienter de longues minutes. Enfin, des bruits de pas sur le sol gelé se font entendre. Ils se rapprochent rapidement. Mon cœur se met à battre encore plus fort et plus vite dans ma poitrine. Je sais que je ne peux plus faire marche arrière. Pas après tant d'efforts. Alors, quand les bruits de pas arrivent

9. *Il s'agit du premier chapitre du tapuscrit* La voix de Némésis, *écrit par Amandine Doucet.*

à ma hauteur, je me dresse sur le chemin. Elle est là… face à moi.

Elle ne me reconnaît pas sous mon accoutrement. Seuls mes yeux pourraient me trahir. Son visage se fige sur place. Quand elle voit mon bras s'abattre sur son crâne, ses yeux s'écarquillent comme s'ils allaient sortir de leur cavité. Tétanisée par la peur, elle ne crie pas. Le marteau s'enfonce dans son crâne avec une aisance remarquable. Son corps frêle s'écroule lourdement au sol, telle une marionnette privée de ses cordages. Elle ne tarde pas à reprendre connaissance, me suppliant d'une voix lamentable. Elle gît là, agonisante, à ma merci.

Camille… La belle et douce Camille…

Comme elle entreprend de saisir son téléphone portable, je lui broie les phalanges avec mon pied. Je les écrase avec fureur comme pour les faire entrer en terre. Elle hurle comme une bête sauvage. La jouissance est si intense qu'elle en est presque effrayante. Je me délecte de ce spectacle qui s'offre à mes yeux. Ivre de plaisir, je lui assène un second coup bien plus puissant que le premier. Son corps se raidit dans un dernier spasme.

J'aurais aimé rester quelques minutes encore, à la contempler…

Une musique enjouée s'échappe des écouteurs tombés au sol, me ramenant à la réalité. Je m'empare de l'iPhone et le glisse dans la poche de mon manteau. Les jappements d'un animal au loin, puis la lueur d'une lampe torche qui vient dans ma direction, m'obligent à quitter les lieux, non sans une pointe de regret.

*

Un grincement strident tire brutalement Simon de sa lecture. Il se retourne vers la porte du bureau.

— Amandine ? Tu es rentrée ? Amandine ?

Le vent s'engouffre entre les battants des volets en bois, les faisant claquer bruyamment. Le gendarme consulte sa montre. 18 h 30 : Amandine ne devrait plus tarder maintenant. Elle prend ses repas à heures fixes, été comme hiver.

Se calant confortablement contre le dossier du fauteuil en cuir, Simon se replonge dans sa lecture, désireux de découvrir la suite de l'histoire. Le premier chapitre relate la mort de Camille Marsan avec un réalisme saisissant. On s'y croirait presque ! La lecture du second chapitre intitulé « Au coin du feu » lui procure des sentiments contrastés : d'un côté, il apparaît sous les traits d'un gendarme au charme indéniable, de l'autre, Amandine le décrit comme un personnage mystérieux, presque inquiétant. Le chapitre trois lui confirme cette impression.

Plus de doute possible ! Amandine a modifié le scénario initial : alors qu'il devait être le héros de l'histoire, elle en a fait un être diabolique ! Le meurtrier de Camille Marsan, et probablement, de toutes les autres victimes aussi !

Consterné, le jeune homme se tient la tête entre les mains. Amandine croit certainement que c'est lui l'assassin ! C'est pour cette raison qu'elle a décidé de réécrire toute l'histoire, sans même lui en avoir parlé. Qui a bien pu lui mettre une telle idée en tête ?

Hadrien Velganni…

Ce ne peut être que lui. Il a dû s'arranger pour qu'Amandine le croie responsable de ces meurtres abominables. Amandine est fragile et facilement manipulable par ce genre d'individu malsain. C'est probablement lui aussi qui lui a donné tous les documents confidentiels qui se trouvent dans le bureau.

Subitement, le gendarme sent une présence dans son dos. Il n'a pas le temps de se retourner.

Simon reçoit un coup d'une violence inouïe à l'arrière du crâne. Sa tête heurte violemment le clavier de l'ordinateur. Il demeure ainsi, les bras pantelants de chaque côté des accoudoirs.

Chapitre XV
Appel anonyme

Mardi 19 décembre, 8 h 30, caserne Lamoricière

Le soleil darde ses premiers rayons sur la caserne Lamoricière. Le colosse métallique scintille comme un joyau, au milieu d'un parc où des sculptures informes, faites de matériaux de recyclage, ont fini par remplacer les arbres séculaires.

Depuis les récents travaux de réhabilitation, la caserne située rue d'Allonville à Nantes a fait peau neuve.

Hadrien Velganni gare son véhicule de service devant l'entrée principale du bâtiment. Il avait songé un moment à se faire muter dans ces locaux majestueux. Mais la perspective d'être cloîtré du matin au soir dans un bureau ne l'enchantait guère. D'autant qu'il exècre par-dessus tout le brouhaha des grandes métropoles, préférant de loin la quiétude d'une paisible commune de campagne. La ville de Carquefou lui offre ce dont il a toujours rêvé. Dès qu'il en a la possibilité, il bat la campagne environnante, son fusil en bandoulière. Il en connaît désormais chaque recoin.

Avant de s'engouffrer dans le froid, Hadrien remonte le col de sa parka en soupirant. Les allées et venues entre la caserne de Nantes et celle de Carquefou commencent à lui peser sérieusement. Depuis que sa brigade a été dessaisie des trois affaires de meurtre, il est contraint de venir prêter main-forte aux enquêteurs nommés par le juge d'instruction. Tous deux sont spécialisés dans le domaine numérique. Quand l'adjudant-chef pénètre dans la pièce, il constate que ses deux collègues nantais ne l'ont pas attendu pour se mettre au travail. Ils sont déjà installés derrière leurs bureaux.

Les gendarmes Bonraisin et Cadorel lèvent à peine le nez de leurs écrans pour saluer le nouvel arrivant. Hadrien échange froidement une poignée de main avec eux, puis s'installe à son tour, carnet de notes et stylo-bille à la main.

— Des nouvelles de l'adjudant Belfort ? s'informe l'adjudant Bonraisin.

Hadrien fait un signe négatif de la tête.

— Belfort loge pourtant à la caserne, non ? Il ne s'est pas présenté à sa convocation lundi matin et il ne répond toujours pas à nos appels. De toute évidence, ton collègue nous évite.

Cadorel et Bonraisin échangent un long regard.

— Je ne sais pas si vous êtes au courant, mais le procureur a ordonné une perquisition à son domicile, cet après-midi même ! ajoute Cadorel d'un ton défiant.

— Nous en avons été informés. Vendeuvre nous a dans sa ligne de mire : il fait tout ce qui est en son pouvoir pour nous compliquer l'existence ! maugrée Hadrien.

— Ah oui ? Et pourquoi donc ?

— Je ne sais pas vraiment. De vieilles rancœurs qui remontent à plus de dix ans, paraît-il. Il ne peut pas encadrer notre brigade, et c'est parfaitement réciproque, rétorque Hadrien sans la moindre inflexion dans la voix.

— Il ne fait pas l'unanimité non plus chez nous ! C'est, si je puis dire... notre bête noire ! On le surnomme La Fouine ! Il fourre son nez un peu partout, une vraie commère !

— Il peut fouiner tant qu'il veut, il perd son temps. Il ne trouvera rien : nous avons déjà inspecté l'appartement de l'adjudant Belfort.

— Je l'espère sincèrement pour lui.

— Vous semblez en douter !

— Il boit pas mal, à ce qu'on dit...

Hadrien acquiesce d'un timide hochement de tête. Les deux gendarmes comprennent en voyant l'expression de son visage qu'il ne lâchera aucune information.

— Pour l'heure, poursuit Bonraisin, ce n'est pas ce qui nous préoccupe. Nous avons vérifié l'alibi de Jérémie Rousseau. Il se trouvait bien à La Rochelle le soir de l'assassinat de Camille Marsan. Sa carte de crédit a été débitée dans un bar situé sur le vieux port. Par ailleurs, le gérant de l'établissement l'a formellement identifié : il se souvient bien de lui, car Jérémie Rousseau s'est retrouvé impliqué dans une altercation qui a mal tourné.

— Nous l'avions écarté de la liste des suspects quasiment dès le début de l'enquête : j'étais présent lors de son audition, il avait l'air très affecté par la mort de son ex-petite amie. Ce jour-là, je l'avais un peu poussé dans ses derniers retranchements… reconnaît Hadrien.

— Oui, nous en avons eu quelques échos, confirme Bonraisin. Bref ! Nous nous concentrons à présent sur un autre individu.

Hadrien hausse un sourcil interrogateur.

— Ah oui ? Lequel ?

— Nous avons passé en revue l'historique des appels reçus par Camille Marsan et Rose Frémont. Nous avons remarqué sur les deux relevés, la présence d'un numéro commun. Malheureusement pour nous, il s'agit d'un téléphone à carte prépayée, donc sans abonnement.

— Avez-vous pu procéder à des recoupements via les antennes relais ?

— Oui. Ces deux appels ont été émis depuis la commune de Carquefou.

L'adjudant Cadorel siffle entre ses dents.

— Cela réduit considérablement la liste. Plus que vingt mille suspects ! ironise-t-il.

— Et pour la troisième victime, Caroline Haudebourg ? A-t-elle été aussi contactée par ce numéro ? s'informe Hadrien.

— Non. Pas à notre connaissance.

Bonraisin et Cadorel échangent un regard entendu qui n'échappe pas à Hadrien.

— Quoi ?

— Ton collègue… Simon Belfort, il a reçu un appel de ce numéro.

L'adjudant Bonraisin fouille frénétiquement dans le dossier posé devant lui. Il en retire une feuille comportant un historique complet des derniers contacts de Simon.

— L'adjudant Belfort a reçu un appel provenant de ce numéro hier soir à… 17 h 32. La communication n'a duré que deux minutes et seize secondes pour être précis.

— A-t-il reçu ou émis d'autres appels après ce coup de fil ?

— Je vois où tu veux en venir… Eh bien, non, aucun !

— Et concernant les appels antérieurs à celui-ci, avez-vous relevé des éléments significatifs ?

Bonraisin scrute avec attention le listing. Il relève la tête après quelques secondes.

— Il a tenté de joindre à de très nombreuses reprises une personne qui répond au nom d'Amandine Doucet.

— Ce nom te dit quelque chose ?

— Oui, il s'agit d'une amie de l'adjudant Belfort. Je l'ai auditionnée hier midi à la caserne de Carquefou.

— Ton collègue a beaucoup d'amies à ce que je vois, plaisante l'adjudant Cadorel. Celle-ci au moins est encore en vie !

— Eh bien, visiblement cette madame Doucet ne tenait pas à lui parler ! déclare Cadorel. Elle n'a répondu à aucun de ses appels si on en croit ce relevé.

— Elle n'a fait que suivre mes conseils, précise Hadrien. Mieux vaut qu'elle garde ses distances avec lui, du moins, le temps de l'enquête.

— Il faut impérativement qu'on trouve à qui ce numéro appartient. Il semble être la clef de voûte des trois meurtres survenus dans la commune. Il faudrait savoir si cette Amandine Doucet a été, elle aussi, contactée par ce mystérieux individu. Vu que tu es sur place, Hadrien, tu peux t'en occuper ?

— Oui, je m'en charge. J'irai la voir en début d'après-midi. Je sais exactement comment il faut s'y prendre avec ce genre de femme. Je dois dire que c'est une personnalité assez complexe.

— De notre côté, nous recevons en fin de matinée les parents respectifs de Camille Marsan et de Caroline Haudebourg. Nous avons plusieurs questions à leur poser et nous en profiterons pour leur soumettre ce mystérieux numéro de téléphone.

L'adjudant Bonraisin s'interrompt quelques instants et se frotte le menton, l'air profondément gêné.

— Dis-moi, Hadrien… Quel rapport entretiens-tu avec l'adjudant Belfort ?

Surpris par cette question, Hadrien lâche le dossier qu'il tient en main et jauge du regard son collègue nantais. Il croise les bras sur son torse et se cale contre le dossier de la chaise, le menton levé.

— Va droit au but ! ordonne-t-il. Pourquoi me poses-tu cette question ?

— Pour ne rien te cacher, nous avons reçu, hier matin, un appel provenant de ta brigade…

Bonraisin scrute le visage de son interlocuteur ; les traits d'Hadrien affichent une sérénité absolue.

— Tes rapports avec l'adjudant Belfort ne semblent pas être au beau fixe, je me trompe ?

— Et alors ? Quel est le rapport avec l'enquête en cours ?

— Je l'ignore, mais nous avons effectué quelques petites vérifications…

— Du genre ?

— La procédure habituelle : nous avons passé au crible tes relevés de comptes bancaires, appels téléphoniques, messageries Internet…

— Eh bien… Vous avez perdu votre temps : je n'ai rien à cacher ! Pourquoi me le dire maintenant ?

— Par honnêteté… Nous travaillons ensemble sur cette affaire, il me semble légitime de jouer cartes sur table, non ?

— C'est préférable, en effet ; et je vous remercie de m'en avoir informé. Puis-je connaître l'identité de mon détracteur ?

Les deux gendarmes font semblant de ne pas avoir entendu la question et se replongent dans l'examen de leurs dossiers.

Deux heures plus tard, Hadrien remonte dans son véhicule et enclenche le bouton du chauffage. Son pare-brise est recouvert d'une fine pellicule de glace.

Sur le chemin du retour, il ne peut s'empêcher de ruminer, se demandant lequel de ses collègues le soupçonne d'être directement mêlé aux meurtres. Il n'en revient pas ! Certes, depuis son arrivée à la brigade, il ne fait pas l'unanimité, mais de là à porter de telles accusations contre lui…

D'ordinaire, Hadrien fait preuve de beaucoup de résilience, mais cette fois-ci, la pilule est difficile à avaler. Se promettant d'en discuter avec le lieutenant dès son retour à la caserne, il monte le niveau sonore de la radio et tente de se concentrer sur le flash info.

Chapitre XVI
Une visite impromptue

Mercredi 20 décembre, 10 h 45

Le bruit sec et métallique d'une clef qui tourne dans une serrure tire Simon de sa torpeur. Une douleur lancinante cogne avec fureur à l'arrière de son crâne. Il est couché sur un sol de terre battue, la tête relevée contre un bloc de ciment. Un bandeau de tissu rugueux recouvre ses yeux. Il veut le retirer, mais ses poignets sont entravés par des bracelets de fer qui lui entaillent la chair jusqu'au sang.

Il perçoit le grincement d'une porte puis plusieurs bruits de pas qui descendent un escalier en bois. Il veut appeler au secours, demander de l'aide, mais aucun son ne sort de sa bouche. Ses lèvres sont sèches et sa langue empâtée.

Les pas se dirigent à présent vers lui avec une précaution extrême. Les chuchotements de deux personnes lui parviennent sans qu'il puisse en comprendre le sens. Soudain, une aiguille s'enfonce sans ménagement dans sa cuisse gauche. Il pousse un long gémissement. Il ressent des picotements dans ses veines, puis une douce sensation de chaleur envahit ses membres inférieurs et remonte le long de son dos. Les paupières lourdes, Simon sombre à nouveau dans un sommeil de plomb.

*

Rue du Mississippi à Carquefou, 16h30

Hadrien Velganni pénètre dans le hall de l'immeuble d'Amandine Doucet. Une vieille dame, aux cheveux gris argenté remontés en un chignon impeccable, trépigne d'impatience devant le bloc des boîtes aux lettres. Elle attend déjà depuis une bonne dizaine de minutes, arpentant l'entrée de sa démarche claudicante.

— Madame Lefort, je…

D'un signe de la main, la vieille dame interrompt le gendarme.

— Parlez moins fort, jeune homme, murmure-t-elle. On pourrait nous entendre. Les murs ont des oreilles par ici, vous savez ! Mademoiselle Doucet est là-haut.

Puis baissant encore le ton et regardant de tous les côtés, elle ajoute :

— J'ai fait comme vous m'avez dit : je vous ai appelé dès que la jeune femme est rentrée. Elle portait de gros sacs avec elle, vous savez…

Hadrien esquisse un sourire forcé.

— Je vous en suis reconnaissant !

— C'est toujours un plaisir de rendre service, surtout à la police. D'habitude, à cette heure-là, je fais une petite sieste devant mon poste de télévision. Je ne rate jamais un épisode des *Feux de l'amour*.

Hadrien, déjà, ne l'écoute plus et s'élance dans l'escalier. Il gravit les marches quatre à quatre, laissant derrière lui la dame âgée poursuivre ses explications dans le vide.

Après de nombreuses sollicitations, Amandine ouvre la porte de son appartement. Elle est revêtue d'un peignoir blanc. Ses cheveux encore humides encadrent un visage aux traits tirés. Décontenancée par cette visite impromptue, elle reste interdite, sans voix.

— Mademoiselle Doucet, puis-je entrer ?

Amandine aimerait pouvoir refuser, mais le ton pressant de l'inspecteur ne lui laisse pas d'autre alternative.

Prenant un air détaché, elle s'écarte de la porte et le laisse pénétrer à l'intérieur de son domicile.

— Bien sûr ! Allez-y, entrez…

Le gendarme s'exécute avec empressement et passe devant la jeune femme en la frôlant légèrement. Malgré le sourire qu'elle arbore, ses lèvres tremblent ostensiblement.

— Dites-moi, que me vaut le plaisir de cette visite ?

Trois grands sacs de voyage sont entassés dans l'entrée.

L'adjudant-chef promène son regard dans le salon puis dans la cuisine. Il ne s'attendait pas à trouver un tel désordre. Un amoncellement de vaisselle sale repose au fond de l'évier ; le sol mériterait un bon coup d'aspirateur. Ce qu'il voit ne correspond pas vraiment à l'image qu'il se faisait de cette femme à l'apparence raffinée et soignée.

— Vous avez prévu de partir en voyage, mademoiselle Doucet ?

La jeune femme paraît embarrassée. Elle aurait préféré que l'enquêteur l'informe de sa venue avant de débarquer à l'improviste, afin qu'elle puisse ranger un peu mieux son appartement. D'ordinaire, il est impeccable, mais ces derniers jours ont été particulièrement chargés. L'écriture de son roman lui prend beaucoup de son temps, beaucoup plus qu'elle ne l'avait imaginé.

— Non, pas du tout ! Je profite de mon congé maladie pour faire un peu de tri dans mes affaires. À force d'entasser, on finit par se laisser envahir. Il y a plusieurs associations caritatives sur la commune qui redistribuent les habits dont on ne se sert plus. C'est toujours mieux que de les jeter bêtement à la poubelle.

— C'est tout à votre honneur. Vous êtes souffrante ?

— Oui, une vilaine grippe qui n'en finit plus. Je ne mets plus les pieds dehors. Ce froid polaire n'arrange rien à ma situation.

Amandine se précipite dans la cuisine pour échapper au regard inquisiteur du militaire.

— Puis-je vous offrir un thé, monsieur Velganni ? lui propose-t-elle d'un ton faussement courtois.

Hadrien s'approche lentement de la jeune femme et plonge son regard sombre dans le sien, comme s'il cherchait à sonder les profondeurs de son âme.

— Que me vaut cette soudaine amabilité ? ironise-t-il.

— Doit-il y avoir nécessairement une raison ? J'allais justement me préparer une tasse de thé avant votre arrivée, voilà pourquoi je vous en propose…

— Dans ce cas, ce sera avec grand plaisir, mademoiselle Doucet !

Sans attendre l'invitation de la jeune femme, le gendarme tire une chaise et s'installe à la table de la cuisine. Amandine l'y rejoint avec deux tasses de thé fumant qu'elle dépose délicatement sur la table, malgré les tremblements qui agitent ses doigts frêles. Hadrien suit chacun de ses mouvements avec une grande attention, ce qui ne fait qu'accroître le trouble de la jeune femme.

— Veuillez m'excuser un instant, je reviens.

Amandine disparaît aussitôt dans le couloir qui mène à la partie nuit de son appartement. Quand elle reparaît, les traits de son visage semblent plus détendus. Ses cheveux sont tressés en une natte impeccable et une légère touche de fard rehausse la couleur de ses joues. Curieusement, elle porte toujours le peignoir. Ce détail n'échappe pas à l'inspecteur.

Amandine vient s'asseoir en face du gendarme, les yeux à demi plissés, le menton légèrement relevé.

— Alors ?

L'adjudant-chef lève un sourcil interrogateur. Serait-elle en train de lui faire un numéro de charme ?

— Alors quoi ?

— Pourquoi êtes-vous venu jusqu'ici ?

Hadrien pose sa tasse avec précaution dans la coupelle. Il regarde avec grande attention le liquide ambré légèrement rosé qui ne lui inspire guère confiance. Il tourne lentement la cuillère dans un sens puis dans l'autre. Après quelques secondes, il la repose, bien décidé à ne pas avaler une goutte de ce breuvage.

— Avez-vous eu des nouvelles de l'adjudant Belfort ? Je veux dire, depuis que vous êtes venue à la brigade ?

Les doigts de la jeune femme se remettent à trembler fortement. Elle pose sa tasse, l'air visiblement gêné.

— Non… Aucune. Pour ne rien vous cacher, je vous avoue que Simon a tenté de me joindre à de très nombreuses reprises. Suivant vos recommandations, je n'ai pas répondu. Il est également venu ici. Il a sonné à ma porte avant-hier encore. Pourquoi me posez-vous cette question ?

— Nous sommes sans nouvelles de lui depuis deux jours. Il devait se rendre à la caserne de Nantes pour une convocation, mais il ne s'y est pas présenté. Avez-vous une idée de l'endroit où il a bien pu aller ? Dans sa famille, ou chez des amis ?

La lèvre inférieure de la jeune femme se met à frémir ostensiblement. Elle déglutit avec peine. D'un geste maladroit, elle remonte le col de son peignoir. Les tremblements de ses doigts redoublent d'intensité.

— Je ne vois pas, non, balbutie-t-elle. Il a probablement voulu prendre un peu de distance avec toutes ces histoires. La disparition de Caroline Haudebourg est une véritable tragédie pour lui.

— Oui, c'est ce que j'ai d'abord pensé, mais il y a un point important qui me laisse croire qu'il lui est arrivé quelque chose.

Amandine se redresse subitement sur sa chaise, l'air inquiet.

— Qu'est-ce qui vous fait dire qu'il lui est arrivé quelque chose ?

— Jamais il ne serait parti sans prendre de dispositions pour son chien. Il voue un véritable culte à cet animal. Or, ce dernier est resté sans nourriture et sans eau, dans ses excréments.

— En effet, cela ne lui ressemble pas. Vous m'inquiétez, là… Peut-être devrais-je essayer de le joindre… Il me répondra, c'est certain.

— Oui, vous pouvez toujours essayer. Faites-le maintenant, ainsi nous en aurons le cœur net !

Hadrien la regarde fouiller distraitement dans son sac à main. Elle en ressort un téléphone portable d'apparence obsolète, et s'empresse de composer le numéro de Simon.

— Je tombe directement sur son répondeur, dois-je lui laisser un message ?

Hadrien fait un signe négatif de la tête. Il sort de sa poche arrière un bout de papier sur lequel figure une suite de chiffres.

— Puisque vous avez votre téléphone portable en main, pouvez-vous me dire si vous avez été récemment contactée par le numéro inscrit sur cette feuille ?

La jeune femme jette un œil furtif sur le papier et s'écarte de quelques pas en arrière. Elle réajuste le col de son peignoir et croise les bras sur sa poitrine qui se soulève anormalement.

— Non, ce numéro ne me dit rien… Rien du tout !

— Vérifiez quand même ! ordonne le gendarme d'un ton sec, presque cassant.

Après s'être assurée que ce numéro n'apparaissait pas dans son historique, Amandine place le mobile dans la poche de son peignoir et se rassoit en face de l'adjudant-chef.

— Vous n'avez pas touché à votre thé !

— Navré, mais il est brûlant. Et je préfère le café…

Hadrien se lève soudainement et se dirige vers la porte d'entrée, sans se retourner.

— Si vous avez des nouvelles de l'adjudant Belfort, contactez-moi au plus vite. C'est très important !

— Je n'y manquerai pas, assure-t-elle d'une voix faussement cordiale.

Alors qu'il s'apprête à franchir le seuil de la porte, le gendarme perçoit les vibrations d'un appareil électronique. Le son provient de la desserte en bois qui se situe dans l'entrée.

— Avez-vous un second téléphone portable, mademoiselle Doucet ?

— Non, il doit s'agir de mon iPad. Il vibre quand je reçois des notifications.

Hadrien la salue d'un rapide hochement de tête, et disparaît dans le couloir. Amandine patiente quelques secondes puis referme la porte à double tour.

Elle se précipite sur la desserte, ouvre le tiroir de gauche et s'empare d'un téléphone portable flambant neuf. De ses doigts agités, elle sélectionne l'unique contact qui s'affiche dans le répertoire. Après plusieurs tonalités, une voix rocailleuse décroche.

— Allô !

— C'est moi… Amandine…

— Je ne peux pas vous répondre pour le moment. Je vous rappelle en fin de journée.

— Non, non, attendez, ne raccrochez surtout pas ! L'adjudant Velganni… Il sort de chez moi…

Il se doute de quelque chose, il sait que je ne lui dis pas toute la vérité. Il est venu me dire que Simon a disparu ! Il le cherche partout…

— Ne vous tracassez pas ! Il faut s'en tenir à ce qui était prévu…

— Il va revenir, c'est sûr, et cette fois, je sens que je vais craquer ! hurle-t-elle dans le téléphone.

— Calmez-vous, Amandine. Laissez-moi une petite heure et j'arrive. Rendez-vous directement sur place.

Amandine repose le téléphone, porte les mains à sa bouche pour étouffer des cris de rage mêlés de peur qui montent dans sa gorge.

Mon Dieu… Qu'avait-elle fait ?

*

Le Grand Fresne, 18 heures

Quand Simon reprend connaissance, son cœur se met à battre si fort qu'il a l'impression qu'il va sortir de sa poitrine. Son bras droit est menotté à une canalisation en cuivre. On a dû le détacher pendant qu'il dormait, car sa main gauche n'est désormais plus entravée. Il en profite pour retirer le bandeau qui l'empêche de percevoir le lieu dans lequel il se trouve.

L'obscurité est telle qu'il ne peut distinguer qu'un mince filet de lumière filtrant sous la porte qui lui fait face.

Depuis combien de temps au juste se trouve-t-il captif dans cette cave sombre et humide ?

Un jour ? Deux, peut-être davantage ?

La faim lui creuse l'estomac et la soif le taraude.

Mais la douleur la plus vive est celle de l'absence. Plus jamais il ne reverra le visage de Caroline, plus jamais il n'entendra sa voix. Et cela, il ne le doit qu'à lui-même. Car, en définitive, il est responsable de sa disparition, au même titre que de celle de Camille. L'assassin ne connaissait probablement même pas Caroline ! C'était à lui et à lui seul qu'on voulait faire du mal ! À présent, c'est à son tour de souffrir dans cette cave insalubre.

Ses paupières sont si lourdes qu'il peine à les tenir ouvertes, sous l'effet du sédatif qu'on lui a injecté.

Son corps est allongé à même le sol de terre battue. Des pierres pointues s'enfoncent dans son dos, mais il est incapable de se relever. De toute façon, à quoi bon lutter ? La perspective de vivre sans Caroline lui est insupportable. Le mieux serait d'en finir tout de suite. De grosses larmes roulent sur ses joues, de violents sanglots le secouent comme une feuille.

Au travers du voile humide qui recouvre ses yeux, il perçoit une forme lumineuse. Il cligne des paupières plusieurs fois. Non, ce n'est pas une hallucination. Caroline est là, juste devant lui. Elle se tient debout dans sa belle robe à fleurs. Elle est magnifique.

Simon se redresse sur un coude. Caroline veut lui dire quelque chose : elle lui fait signe de se lever et de venir la rejoindre. Puis, sans prévenir, son image s'évanouit dans l'obscurité.

Rassemblant toute l'énergie qu'il lui reste, Simon veut se défaire de ses chaînes, mais il n'y parvient pas, tant il est affaibli. Le malheureux se met à hurler de toutes ses forces. Au bout de quelques minutes, à bout de souffle, il se résigne. À quoi bon appeler à l'aide ? S'il se trouve encore dans la maison du grand-père d'Amandine, les chances d'être entendu sont quasi nulles. Personne ne s'aventure jamais dans les environs, surtout en hiver ! La route est à plus de cinq cents mètres du domaine.

Progressivement, ses yeux s'habituent à la pénombre et des formes commencent à se dessiner autour de lui. Sur la droite, il distingue plusieurs tonneaux alignés sur des poutrelles, un vieux pressoir, des outils posés à même le sol et des dizaines de casiers à bouteilles entassés les uns sur les autres. Une odeur âcre de vin fermenté, mêlée à des effluves de moisissures, flotte dans l'air. Au-dessus de sa tête, un petit soupirail laisse passer une faible lueur.

La partie gauche de la pièce est plongée dans une obscurité plus dense. Simon éprouve une étrange sensation. Il perçoit, de temps à autre, une respiration lente et régulière venue des profondeurs de la nuit. Il cligne des paupières et écarquille les yeux, en vain. Il ne parvient pas à distinguer le moindre relief.

De sa main libre, il entreprend de fouiller le contenu de ses poches, puis il inspecte le sol de terre battue. Son téléphone portable et ses clefs de voiture ont disparu. À sa grande stupéfaction, il constate qu'on lui a retiré la chaîne en or qu'il avait autour du cou. Le dernier cadeau de Caroline… Elle le lui avait offert le soir de leur dispute. La jeune femme y avait fait graver leurs initiales à tous les deux. C'était tout ce qu'il lui restait d'elle.

Un déclic suivi d'une lumière éblouissante jaillit d'une lampe torche braquée dans sa direction. Instinctivement, Simon place sa main en visière au-dessus de ses yeux.

Une forme se tient immobile, assise sur ce qui semble être un tabouret. La partie gauche de la cave est plus profonde qu'il ne l'avait imaginé, formant une sorte d'alcôve dont il ne parvient pas à distinguer le fond. Peut-être s'agit-il de l'entrée d'un tunnel ? Une sorte de passage souterrain.

— Qui êtes-vous ? Que me voulez-vous ? Je ne vous vois pas.

L'ombre demeure placide, braquant toujours la lampe sur le militaire désemparé.

— Pourquoi me retenez-vous ici ? Je suis gendarme. Vous ne pouvez pas me garder contre ma volonté ! Il est encore temps de me relâcher ! Je vous promets que je ne chercherai pas à vous retrouver. Vous avez ma parole !

L'angoisse s'empare du captif.

Derrière l'individu, une forme allongée gît sur le sol, recouverte d'une toile sombre. Est-ce encore une hallucination ou bien s'agit-il cette fois de la réalité ? Son cœur se serre comme dans un étau en songeant qu'il pourrait bien s'agir du corps de son amie.

— Qu'avez-vous fait d'Amandine ? Dites-moi au moins si elle va bien, je vous en prie ! hurle le malheureux. Gardez-moi si vous voulez, mais libérez-la, je vous en conjure ! Ne lui faites pas de mal !

L'individu se décide enfin à bouger : il se dresse de toute sa hauteur, projetant une ombre immense sur le sol.

Depuis l'endroit où elle se trouve, elle lance à Simon une bouteille d'eau qui roule sur le sol jusqu'à ses pieds. Simon s'en empare avec avidité et déverse dans sa gorge le précieux liquide. Soulagé, il repose la tête sur son oreiller de fortune. Il pousse un long et profond soupir.

Finalement, on ne lui veut pas de mal! Sinon, pourquoi lui aurait-on donné de l'eau? On l'aurait laissé crever de faim et de soif comme un chien. Ce geste inattendu lui redonne une once d'espoir.

Soudain, la porte de la cave s'ouvre dans un grand fracas.

— Assez! tonne une voix gutturale depuis le haut de l'escalier.

L'ombre s'exécute sur-le-champ, éteint la lampe torche et se dirige vers l'escalier d'un pas empressé.

— Non, ne partez pas! Je vous en supplie! Ne me laissez pas… implore le prisonnier, la main tendue en direction de la sortie.

L'ombre ralentit le pas, semble hésiter l'espace d'un instant, puis disparaît derrière la porte qui se referme dans un bruit effroyable.

Chapitre XVII
Un œil indiscret

Jeudi 21 décembre, 11 h 20

Pour le plus grand bonheur des enfants de la commune, les premiers flocons de neige virevoltent dans l'air. Les toits en ardoise des maisons se couvrent d'un voile blanc et soyeux. Dehors, la vie paraît avoir été mise entre parenthèses. Les véhicules roulent à faible vitesse, et sur les trottoirs, les passants, y compris les plus âgés, ont retrouvé l'insouciance de leur jeunesse. Chacun s'amuse à ramasser quelques poignées de neige ou s'essaie à des glissades improvisées.

À l'intérieur de la caserne, les gendarmes travaillent eux aussi le cœur plus léger qu'à l'ordinaire et les plaisanteries vont bon train. La magie de Noël flotte dans l'air, faisant presque oublier l'angoisse qui s'est abattue ces derniers jours sur la population.

Debout, face à la fenêtre de son bureau, Hadrien se tient immobile, le regard fixe. Il scrute avec intérêt la rue qui dessert la caserne. Son attention se porte sur l'entrée du parking qui mène aux logements de fonction des gendarmes.

Paul l'observe en silence, assis devant l'écran de son ordinateur. Quel étrange personnage tout de même !

Derrière sa carrure de rugbyman se cache une finesse d'esprit qu'il n'avait jusqu'à présent pas remarquée. À force de passer du temps avec lui pour les besoins de l'enquête, l'adjudant-chef Velganni lui est apparu sous les traits d'un enquêteur efficace et consciencieux. Le lieutenant Hoffman lui a révélé que contre toute attente, Hadrien a lui-même apporté la preuve de l'innocence de Simon. Il s'est déplacé en personne au pub El Latino, situé à Saint-Sébastien. La gérante du bar lui a confirmé la présence de l'adjudant Belfort au moment du meurtre de Caroline Haudebourg. « C'est un client habituel qui ne fait jamais d'histoire. »

C'est probablement à partir de ce moment que l'adjudant-chef Velganni a compris qu'il faisait fausse route. Le mépris qu'Hadrien éprouvait pour Simon l'a de toute évidence aveuglé. Mais aujourd'hui, force est de constater que, non seulement l'adjudant Belfort n'est pas le meurtrier qu'il recherche, mais qu'en plus, Simon est devenu une cible à atteindre.

Dieu seul sait ce qu'il est advenu de lui à l'heure qu'il est !

Comme pour chasser ces affreuses pensées, Paul secoue vivement la tête, préférant se concentrer sur des éléments plus positifs.

Hadrien fait volte-face. Son visage exprime la satisfaction de celui qui vient d'avoir une idée de génie.

— Paul, enfile ta veste : on va faire une petite balade dans la neige !

— Où va-t-on ? questionne Paul.

— Pas bien loin. Juste de l'autre côté de la rue.

— À l'école primaire ?

Hadrien acquiesce d'un hochement de tête et s'empare de sa parka. Il se dirige ensuite vers la porte à grandes enjambées. Paul lui emboîte le pas.

— Mais ce sont les vacances scolaires ! Hormis le gardien, tu ne trouveras personne à l'intérieur de l'école.

— Ça tombe bien, c'est justement lui que je veux voir. Si mon intuition est bonne, il va nous donner un sérieux coup de pouce…

*

Les images défilent sous les yeux des deux militaires, hypnotisés par le flot vertigineux de la caméra de surveillance en mode accéléré. Ils regardent pardessus l'épaule du gardien de l'établissement scolaire, qui se tient assis devant l'écran de contrôle.

De petits nuages vaporeux s'échappent de la pipe du concierge. La fumée envahit progressivement la loge, au point de rendre l'air irrespirable et d'indisposer les deux gendarmes qui toussent à s'en décrocher les poumons.

— C'est bien la première fois en vingt ans de carrière qu'on me demande de visionner les enregistrements de la caméra de surveillance. Vous avez de la chance, Messieurs, nous les conservons une semaine et ensuite on les efface!

Paul croise les bras sur sa poitrine, l'air circonspect.

— J'ignorais l'existence de votre caméra braquée sur le parking de notre caserne.

— Rassurez-vous, ce n'est pas votre parking que je surveille, mais le local à vélos. Il se trouve juste ici, vous voyez?

Le quinquagénaire pointe son index en direction de l'écran.

— L'école a investi dans ce matériel high-tech à cause des vols de l'année dernière. Depuis, plus aucun souci, cela s'est avéré extrêmement efficace! Certains diront que c'est une atteinte à la vie privée, mais moi, je suis tout à fait favorable à ce genre de dispositifs. Il faudrait mettre une caméra à chaque coin de rue: vous auriez beaucoup moins de travail, croyez-moi! Bref, je suppose que ce n'est pas le parc à vélos qui vous intéresse. Si vous me disiez ce que vous cherchez, je pourrais certainement vous aider.

Le regard malin, il ajoute:

— Je passe mes journées devant cette boîte à images et j'en vois des choses, vous ne pouvez pas vous imaginer! Mais chut, motus et bouche cousue! déclare-t-il gaiement en mettant un doigt devant sa bouche. Les affaires de cul des uns et des autres, ce n'est pas mon problème, mais ça m'aide à passer le temps, comme on dit. Alors, dites-moi ce que vous cherchez.

— Il s'agit d'une enquête judiciaire. Nous ne sommes pas autorisés à vous en dire davantage. Nous souhaitons avoir accès aux enregistrements du samedi 16 décembre, précisément entre 21 heures et minuit.

De ses doigts déformés par l'arthrose, le concierge saisit les dates et heures indiquées par les gendarmes. Au bout de quelques secondes, il déclare d'un air triomphant.

— Voilà, nous y sommes, samedi 16 décembre, 21 heures. Je vous laisse mon fauteuil, je vais fumer ma pipe dehors. J'ai besoin de prendre l'air. Cette loge n'est pas faite pour accueillir trois personnes. N'hésitez pas à me rappeler si vous ne vous en sortez pas avec la bécane. Elle se montre parfois capricieuse, comme les femmes !

*

— Tu en es absolument certain, Paul ?

— Pas l'ombre d'un doute ! C'est bien la voiture d'Amandine Doucet. Elle a une Clio bleu électrique, exactement comme celle-ci ! J'en mettrais ma main à couper…

— Ce n'est pas la seule à avoir ce genre de véhicule. Il y en a plusieurs dans la commune.

— C'est une série spéciale, je pense que c'est la seule sur Carquefou ! On ne voit pas son visage ici, mais il n'y a aucun doute possible. Je note le numéro de la plaque d'immatriculation et on vérifiera tout à l'heure sur le registre. Je suis prêt à parier ce que tu veux !

Les lèvres d'Hadrien s'étirent en un rictus qui ressemble à s'y méprendre à un sourire.

— Vraiment ? Tout ce que je veux ?

— Dans la mesure du raisonnable, oui. Je ne comprends pas ! Que faisait Amandine Doucet devant la caserne à cette heure tardive ?

— C'est assez simple à comprendre. Regarde, sur l'enregistrement, on voit qu'elle est restée dans sa voiture près de quarante-cinq minutes. Elle devait surveiller l'appartement de Simon. De là où elle se trouvait, elle avait une vue imprenable sur son logement. Elle a dû suivre ensuite Caroline Haudebourg lorsque cette dernière a quitté la caserne. La suite, tu la connais aussi bien que moi…

— Tu n'es pas sérieux, Hadrien ? Amandine est la douceur incarnée. Non, c'est impossible ! Il doit y avoir une autre explication plus rationnelle.

— Je suis passé la voir hier. Elle avait l'air particulièrement nerveuse. Des sacs de voyage étaient entreposés dans l'entrée de son appartement : elle a certainement prévu de quitter la commune. Inutile de tergiverser plus longtemps. On va tout de suite en avoir le cœur net : on file chez elle !

Hadrien toque contre la vitre enfumée. Le concierge s'engouffre aussitôt dans la loge, traînant derrière lui des effluves de tabac froid qui retournent l'estomac des gendarmes.

— Nous avons besoin de cet enregistrement. Nous le prenons avec nous !

Le quinquagénaire observe les deux enquêteurs à tour de rôle, sans comprendre ce qui se trame.

— Ah ? Vous avez donc trouvé votre bonheur ? En tout cas, je suis ravi d'avoir pu vous aider, Messieurs !

Les deux militaires quittent prestement la loge, soulagés de pouvoir enfin respirer librement. Hadrien fait subitement marche arrière.

— Je vous demanderai de bien vouloir régler votre caméra de surveillance, de sorte qu'elle ne soit plus braquée sur le parking de la caserne. Cet espace relève du domaine privé.

Le gardien acquiesce d'un hochement de tête, tout en maugréant de vagues excuses.

*

Lorsque les deux hommes débarquent rue du Mississippi, ils trouvent porte close. Les volets sont fermés. À l'intérieur de l'appartement, aucun signe de vie. Ils descendent ensuite l'escalier qui mène au sous-sol. La Clio d'Amandine n'est pas garée sur son emplacement numéroté. Ils contournent ensuite le bâtiment afin d'inspecter le parking extérieur.

— J'ai comme un mauvais pressentiment ! Paul, si tu as une idée, c'est le moment !

Paul hausse les épaules en signe d'impuissance.

— Hélas, non ! Simon est plutôt discret en ce qui concerne ses relations. Je ne connais pas ses habitudes.

Hadrien lève un sourcil interrogateur.

— Parce qu'ils étaient amants ?

— Oh que non ! S'il y a bien une chose que je sais, c'est que ce genre de femme ne l'intéresse pas vraiment…

— En clair ?

— Simon les préfère bien plus jeunes que lui.

Autour d'eux, le paysage s'efface peu à peu sous un manteau de neige éblouissante, les obligeant à plisser les yeux. Les gendarmes rejoignent le hall d'entrée en passant par l'extérieur du bâtiment. Derrière les rideaux de l'appartement situé au rez-de-chaussée, Hadrien distingue la silhouette courbée de madame

Lefort qui les espionne sans la moindre gêne. Ici, pas besoin de caméra, les commères se chargent de surveiller les alentours. Elles ne tombent jamais en panne.

Un silence inhabituel enveloppe les deux militaires. Pas un bruit, seule la neige crisse sous le poids de leurs rangers. Hadrien s'immobilise sur le trottoir et compose le numéro de téléphone de ses collègues nantais.

Après quelques recherches dans leur base de données, ces derniers lui communiquent l'adresse de la mère d'Amandine Doucet.

— Sa mère réside sur la commune de Nort-sur-Erdre, je t'envoie l'adresse par SMS, propose l'adjudant Bonraisin.

— Tu n'as rien d'autre ?

— C'est tout ce que j'ai trouvé. Apparemment, la demoiselle n'a pas d'autre famille dans le coin. Elle avait bien un grand-père, mais il est décédé en début d'année. Après, je peux approfondir les recherches si c'est nécessaire.

— Il te faudrait combien de temps pour localiser le portable d'Amandine Doucet ?

— S'il n'est pas éteint, je dirais moins d'une heure…

— Parfait, alors lance la procédure de recherche et tiens-moi informé dès que tu as une adresse à me communiquer.

Hadrien s'apprête à raccrocher quand son interlocuteur le retient d'une voix triomphante.

— Attends une petite minute ! J'ai accès à diverses données administratives et je vois que sur sa déclaration fiscale figure une seconde adresse postale. Son nom est associé à celui d'un certain Gustave Joyau… Il doit probablement s'agir d'un ascendant dont elle a hérité. C'est elle qui s'acquitte de la taxe foncière de la propriété. Je viens de t'envoyer l'adresse du grand-père par SMS.

— Oui, je viens de le recevoir à l'instant: « *Le Grand Fresne, Saint-Mars-du-Désert* ». Mais, il me faudrait également un numéro et un nom de rue.

— Il n'y en a aucun, il s'agit d'un lieu-dit perdu dans La Pampa. Tu as de la chance: sur le plan cadastral, je ne vois qu'une seule habitation. Ce sera assez facile de la trouver, tu verras!

— Je te remercie pour les infos. Je file là-bas. De votre côté, tâchez d'aller faire un tour à Nort-sur-Erdre. La mère de la suspecte pourra peut-être nous aiguiller. Quoi qu'il arrive, on se donne rendez-vous vers quatorze heures à la brigade de Carquefou pour faire le point.

— C'est noté pour nous. Tu as du nouveau, j'espère, car de notre côté nous sommes au point mort.

— Oui. Mais c'est trop long à expliquer par téléphone… Et il faut impérativement que je retrouve cette femme! Le plus vite possible! Je suis convaincu qu'elle nous cache quelque chose. En général, mon intuition ne me trompe pas…

— C'est entendu. Si tu lui mets la main dessus avant nous, fais-le-nous savoir. À tout à l'heure, Velganni! Sois prudent: ça glisse pas mal dehors!

Hadrien referme le clapet de son téléphone et se retourne vers son collègue qui semble frigorifié de la tête aux pieds. Hadrien pointe son index dans sa direction.

— Toi, tu restes ici ! On ne sait jamais, la suspecte pourrait revenir chez elle entre-temps.

L'adjudant-chef s'installe au volant de sa Laguna, laissant Paul sur le trottoir, blanchi par la neige qui tombe désormais à gros flocons. Hadrien tourne à fond le bouton du chauffage ; une vague de chaleur envahit l'habitacle. Dans un élan de mansuétude, Hadrien abaisse la vitre avant droit.

— Demande à Guillaume de venir te rejoindre avec un véhicule de fonction. L'attente risque d'être longue. Tu ressembles déjà à un esquimau !

Chapitre XVIII
La voix de Némésis

Jeudi 21 décembre, 12 h 15

Assise à la table du salon, dans la maison de son grand-père, Amandine ferme les yeux. La vieille pendule sonne le quart, rappelant la jeune femme à la réalité. Le temps semble s'étirer à l'infini. Alors qu'elle n'y avait pas prêté attention, le tic-tac entêtant bat la mesure tel un métronome. Les battements de son cœur résonnent dans sa poitrine et se mêlent à cette cadence infernale. Elle a la sensation d'avoir une boule dans la gorge qui grossit au fur et à mesure, l'empêchant d'avaler sa salive. Elle pose alors le stylo sur la table du salon et relit à voix basse le début de la lettre qu'elle vient de recopier.

« *Je soussignée, Amandine Doucet, déclare être en pleine possession de mes moyens et ne rédiger la présente lettre sous aucune contrainte physique ou morale.*

Je reconnais avoir assassiné Camille Marsan, Rose Frémont, Caroline Haudebourg, ainsi que... »

Plus que quelques lignes à recopier... Elle reprend le crayon en main, mais ses doigts se mettent à trembler si fort qu'elle ne peut poursuivre la rédaction de la lettre.

— Non, je ne peux pas...

— Bien sûr que si, Amandine, vous pouvez le faire ! tonne une voix impatiente qui se tient dans son dos.

Le visage de la jeune femme se ferme instantanément. Le dos bien droit sur sa chaise, Amandine ne bouge plus, comme paralysée par la peur. Elle sent alors le contact chaleureux d'une main qui se pose avec douceur sur son épaule.

— Il faut poursuivre, Amandine. Tenez, buvez ce verre d'eau, cela vous détendra un peu, faites-moi confiance.

La jeune femme s'empare du verre et le boit d'une traite. Un arrière-goût assez désagréable subsiste quelques minutes dans sa bouche.

La rédaction de cette lettre lui paraît beaucoup plus difficile que ce qu'elle avait imaginé. Son écriture ressemble à celle d'un enfant qui forme des boucles disproportionnées, rendant la lecture difficile. Le brouillon qu'elle recopie méthodiquement présente une écriture soignée : les lettres sont fines, parfaitement régulières. Amandine aurait aimé pouvoir écrire de la sorte, mais même en s'appliquant, cela lui était impossible.

— Écoutez-moi, Amandine. Vous ne pouvez plus faire marche arrière. Allez... Écrivez : « *ainsi que le gendarme Simon Belfort...* »

D'une main tremblante, Amandine se remet à écrire. Les lettres difformes sont à peine déchiffrables tant l'anxiété et le chagrin la rongent de l'intérieur.

« Ainsi que le gendarme Simon Belfort. J'ai tué par amour pour lui. En retour, je n'ai reçu que mépris et trahison. Ma souffrance est telle que je ne peux la supporter plus longtemps.

Pardonnez-moi.

Amandine Doucet »

Amandine repose le crayon sur la table du salon. Elle plie la lettre en quatre et la glisse dans l'enveloppe blanche, sans la cacheter. Elle sent monter en elle une vague oppressante, mais la voix se manifeste pour la rassurer et l'encourager.

— C'est parfait, Amandine ! Je vous félicite !

— Je ne sais pas… Je ne sais plus… Je suis perdue !

— Allons, allons, venez vous asseoir sur le canapé. Nous allons prendre quelques minutes pour discuter. Cela vous fera le plus grand bien, vous verrez.

Comme un automate, la jeune femme se laisse entraîner par l'avant-bras sur le sofa. Elle aperçoit sur le plaid une boîte rectangulaire recouverte d'un papier argenté.

— Tenez, ce coffret est pour vous, Amandine… Ouvrez-le vite !

La jeune femme soulève délicatement le couvercle, comme si elle craignait de l'abîmer. Elle découvre avec émerveillement son manuscrit imprimé. Elle éprouve alors une immense satisfaction en lisant son nom en dessous du titre, *La voix de Némésis*, gravé à la manière d'un tag gothique. L'illustration réalisée au fusain représente la déesse de la mythologie grecque, celle de la juste colère des dieux et de la rétribution céleste. Parée de ses ailes, elle tient dans sa main gauche une branche de frêne. Amandine l'effleure du bout des doigts.

— C'est magnifique ! Je n'en reviens pas ! Cette couverture correspond exactement à ce que je souhaitais. C'est la même que celle qui est accrochée au-dessus de votre bureau, n'est-ce pas ?

— Oui, j'ai remarqué que vous regardiez souvent ce tableau. J'ai pensé que cela vous ferait plaisir.

Amandine parcourt les pages dans un sens puis dans l'autre. Elle caresse l'ouvrage du bout des doigts. C'est le fruit de son travail ! Tant de temps et d'énergie consacrés à cette tâche ! Elle avait réussi à écrire son propre livre. Son nom restera longtemps gravé dans les mémoires. Surtout dans celle des habitants de la commune. Et puisque les choses n'avaient pas tourné exactement comme elle l'espérait, ce livre sera en quelque sorte son testament. Les personnes qui découvriront ces pages comprendront à quel point elle a aimé Simon Belfort, à quel point elle a souffert de ne pas être aimée en retour. Peut-être même qu'elles lui pardonneront ses crimes.

À cet instant précis, Amandine songe aux parents de Camille. Elle n'avait pas résisté à cette envie incompressible d'assister aux obsèques de la jeune fille. La cérémonie avait été particulièrement émouvante. Amandine s'était surprise à verser des larmes. Non pas pour cette petite sotte de Camille qui avait fait tourner la tête de Simon, mais bien pour ses parents aimants. Elle voit encore leurs visages marqués par la douleur et l'incompréhension. Comprendront-ils les raisons qui l'ont poussée à commettre l'irréparable une fois qu'ils auront lu son histoire?

Et la famille de Rose Frémont? Cette vieille dame handicapée n'aurait pas dû mourir ainsi, mais il fallait bien se défaire du portable de Camille et orienter les soupçons des enquêteurs sur son neveu, Jérémie Rousseau. C'est Simon lui-même qui lui avait mis cette idée dans la tête! Il lui avait révélé que Rose Frémont, non seulement acceptait que son neveu cultive des plants de cannabis dans son jardin, mais qu'en plus, elle profitait de cette manne financière pour arrondir sa petite retraite de fonctionnaire. Cette septuagénaire savait parfaitement bien que la drogue était revendue aux gamins du collège. Amandine avait été écœurée en entendant cette histoire. Alors, puisqu'il fallait que quelqu'un soit sacrifié sur l'autel de la justice, autant que ce soit une personne dont le cœur est aussi noir que le charbon! Personne ne regretterait cette pauvre femme qui avait déjà bien vécu.

Quant à Caroline Haudebourg, qu'elle aille brûler en enfer! De ces trois meurtres, s'il y en a bien un qu'elle ne regrette pas, c'est bien celui-ci! Elle avait trouvé un bon moyen de mettre le grappin sur Simon: lui faire un enfant! Amandine se félicite d'ailleurs d'avoir fait d'une pierre deux coups puisqu'elle s'est débarrassée à la fois de sa rivale et de son bébé. C'est l'adjudant-chef Velganni qui lui a révélé cette grossesse quand elle s'est présentée à la convocation. Dans le fond, elle n'a qu'un seul regret aujourd'hui, c'est de ne pas avoir assez fait souffrir cette garce. Si elle avait su qu'elle attendait l'enfant de Simon, Amandine aurait éprouvé davantage de plaisir en serrant le foulard autour de son cou.

— Vous pouvez être fière de votre travail, Amandine ! Peu de gens vont au bout de leur projet. Vous avez su faire preuve de détermination ! C'est une grande force de caractère, croyez-moi !

Amandine songe à toutes ces séances au cours desquelles le docteur Levasseur lui avait prodigué des conseils avisés pour mener à bien son projet d'écriture. À bien y réfléchir, l'idée de composer un roman policier lui avait été soufflée par sa thérapeute : « Ce serait le meilleur moyen de vous rapprocher de lui, Amandine. Il se sentira valorisé, car vous ferez appel à ses connaissances professionnelles. Vous pourriez alors passer beaucoup de temps ensemble. Vous verrez, il se prendra très vite au jeu, j'en suis intimement convaincue ! »

— Sans votre aide et celle de Simon, je n'y serais jamais arrivée toute seule, souffle-t-elle à mi-voix.

— Sans l'adjudant Belfort, vous n'en seriez pas là, tout court ! Il vous a rendue terriblement malheureuse. Il vous a menti, il vous a trahie, tout comme votre père l'a fait avec votre mère. Il vous a abandonnée pour aller rejoindre une femme plus jeune que vous. Alors, ne le remerciez pas !

— Je suis certaine qu'il m'a aimée… Hier, je l'ai entendu dans la cave : il a prononcé mon prénom, il s'inquiétait pour moi !

— Arrêtez, Amandine ! Jamais il ne s'est inquiété pour vous, vous m'entendez ? Jamais ! Il n'y avait que Caroline qui comptait vraiment à ses yeux. En plus, elle allait lui donner un enfant. Jamais vous n'auriez pu lui offrir un tel bonheur. Le gendarme Belfort avait connaissance de votre maladie. C'est pour cette raison précise qu'il ne vous a pas choisie, vous ! Vous avez assez souffert à cause de cet homme ! Et moi aussi ! Il faut que cela cesse. À présent, vous allez descendre à la cave et vous libérer de cette souffrance. L'adjudant-chef Velganni est venu à votre domicile hier. Cet inspecteur est plus malin qu'il n'y paraît. Il ne va pas tarder à découvrir toute la vérité. Il va revenir et cette fois, ce sera pour vous arrêter, c'est certain ! Vous ne voulez pas finir votre vie en prison, Amandine ?

Amandine secoue vivement la tête. Aller en prison ? C'était inenvisageable pour elle, plutôt mourir que souffrir derrière les barreaux ! Et puisqu'elle n'avait pas réussi à vivre aux côtés de l'homme qu'elle aimait, alors elle s'unirait à lui dans l'au-delà, pour l'éternité. Sa décision était prise, irrévocable.

— Vous ne méritez pas d'être jetée en prison comme une criminelle. Dans cette histoire, c'est vous la victime, Amandine ! Ne l'oubliez jamais !

Chapitre XIX
Un geste insensé

Jeudi 21 décembre, 12h45

La porte de la cave s'ouvre dans un grincement infernal. Mais cette fois-ci, elle ne se referme pas derrière la silhouette qui se dresse impassible, en haut de l'escalier en bois.

Un flot continu de lumière blanche aveuglante se déverse dans la pièce. Simon détourne la tête pour s'en protéger, ses yeux n'étant plus habitués. Un sentiment de danger imminent s'empare de lui. Alors, dans un long gémissement, il tente de se redresser. Mais toute force semble l'avoir définitivement abandonné ; comme prisonnier de son propre corps, il est allongé sur le sol glacé, tremblant de peur, dans ses vêtements souillés.

Au fil des jours, l'air saturé en dioxyde de carbone est devenu irrespirable. La pièce n'est plus ventilée : le soupirail qui se trouve au-dessus de la tête de Simon est recouvert d'une épaisse plaque de plexiglas opaque. Les relents de vinasse émanant des vieux fûts laissés à l'abandon se mêlent aux odeurs de sueur et aux effluves d'excréments. Quelques jours de captivité suffisent à faire perdre toute dignité à un être humain. Un animal. Voilà ce qu'il est devenu. Un animal enchaîné dans une cage.

Parfois, entre deux injections d'hypnotique, le gendarme retrouve un peu de lucidité, suffisamment pour prendre conscience des conditions abjectes dans lesquelles on le retient prisonnier. Si au moins il savait pourquoi on le séquestre ainsi.

Il a beau réfléchir, il ne comprend pas. De toute évidence, on cherche à le garder en vie, car bien qu'on le prive de nourriture, on lui donne régulièrement un peu d'eau. Il ignore depuis combien de jours il est détenu ici, mais il lui semble que cela fait une éternité. La substance qu'on lui injecte altère sa perception de la réalité. Parfois, il pense qu'il est en plein cauchemar et qu'il va se réveiller.

L'espace d'un instant, Amandine semble hésiter en haut de l'escalier en bois, le temps que ses yeux s'habituent à l'obscurité. Puis, elle descend lentement, marche après marche, telle une machine humaine, un soldat programmé pour tuer sans le moindre état d'âme.

Elle sait exactement ce qu'elle a à faire. Tout a été savamment orchestré au millimètre près. À l'instar des artistes et des sportifs de haut niveau, elle a mentalisé l'action avant de mettre son projet à exécution. Cette méthode a déjà fait ses preuves pour les trois meurtres précédents. Tout est une question d'organisation, de concentration et de courage.

Aux yeux de son entourage, Amandine apparaît comme une jeune femme étourdie, peu rigoureuse et peureuse. Mais dans les faits, elle est tout autre. Depuis l'adolescence, elle dissimule sa véritable nature derrière le masque de la douce et tendre Amandine.

Karen Levasseur avait très rapidement percé son secret. Elles avaient longuement échangé à ce sujet. L'idée de façonner un double inversé lui était venue en lisant le célèbre roman de Laclos. La Marquise de Merteuil[10], était devenue son modèle de construction par excellence. Simon n'y avait vu que du feu. En revanche, l'adjudant Velganni n'avait pas été dupe : il avait cerné la double personnalité de la jeune femme. Elle l'avait lu dans ses yeux noirs.

Déterminée plus que jamais, Amandine avance sur le sol de terre battue, veillant à ne pas faire de bruit. Seul le froissement du tissu de sa robe en velours est perceptible. Son cœur devenu marbre est vide de toute émotion. Sa figure livide lui confère l'aspect d'une poupée de porcelaine.

À quelques centimètres à peine du corps de Simon, elle reste figée quelques instants. Le gendarme perçoit alors la respiration lente et profonde de la jeune femme et lève instinctivement les yeux vers elle. Simon cligne des paupières. Est-ce encore une hallucination ?

La faucheuse est là, face à lui, immobile et silencieuse. Elle le domine de sa hauteur, tout de noir vêtue. Elle l'observe. Son ombre projetée sur le sol la rend encore plus impressionnante qu'il ne l'avait

---

10. Personnage libertin du roman épistolaire, Les liaisons dangereuses, *de Choderlos de Laclos publié en 1782.*

imaginée. Mais, étrangement, cette vision ne lui procure aucune appréhension. Résigné à en finir, il s'était lui-même surpris à espérer sa venue.

À présent, elle est là, disposée à le délivrer de ses souffrances. Bientôt, il pourra rejoindre Caroline…

Il ferme les yeux. Ses tremblements ont cessé : il attend. Amandine s'agenouille doucement près de son ami et dépose précautionneusement au sol le manuscrit ainsi que la lettre d'aveu. Les personnes qui découvriront leurs corps inanimés y trouveront toutes les explications nécessaires. Puis, elle extrait de sa poche deux seringues hypodermiques contenant chacune du cyanure de potassium. Après quelques recherches effectuées sur Internet, la jeune femme avait opté pour ce poison redoutable : deux cents milligrammes de cette substance suffisent à tuer une personne en moins d'une minute. Le cyanure provoque un blocage respiratoire puis un arrêt cardiaque. Rapide et efficace. C'est exactement ce qu'il lui faut ! Il lui a été très facile de s'en procurer sur le Darknet. Le fournisseur n'a posé aucune question. Dans le fond, peu importe au vendeur si l'usage est destiné aux animaux ou aux êtres humains, seul le chiffre d'affaires l'intéresse.

D'un geste vif et précis, elle retire le capuchon en plastique de la première seringue destinée à Simon. La seconde sera pour elle. Il lui faudra faire vite pour que leurs morts surviennent au même moment. Elle avait récemment lu dans un ouvrage bouddhiste que lorsque deux décès étaient parfaitement synchronisés, les âmes des défunts restaient liées pour l'éternité. La perspective d'être unie à Simon à tout jamais lui donnait la force de continuer.

Soudain, une silhouette imposante surgit dans l'embrasure de la porte. L'individu plaque sa main contre l'interrupteur ; une lumière vive inonde toute la cave. En une fraction de seconde, l'adjudant-chef Velganni saisit la gravité de la situation. Il braque son arme en direction d'Amandine.

— Lâchez immédiatement cette seringue, et mettez vos mains en évidence au-dessus de votre tête !

Réveillé en sursaut par la sommation de son collègue, Simon découvre avec effarement le visage d'Amandine qui se tient à ses côtés, une seringue dans la main droite.

— Amandine ? Mais… Amandine ?

Entendant la voix de Simon, la jeune femme sort brutalement de son état de stupeur. L'air hébété, bouche ouverte, elle regarde autour d'elle sans comprendre ce qu'elle fait là, agenouillée auprès de son ami. Son esprit est confus et dans sa tête les pensées se bousculent à un rythme infernal. La dose de tranquillisant contenue dans le verre d'eau qu'elle a bu altère grandement sa perception de la réalité.

— Amandine ? C'est toi qui me retenais prisonnier ici ? Mais… Je ne comprends pas ! Pourquoi ? Qu'est-ce que je t'ai fait ?

Amandine ne bouge plus. Des larmes roulent sur ses joues et rebondissent sur sa poitrine qui se soulève par à-coups.

— Posez cette seringue ! ordonne Hadrien d'une voix tonitruante.

— Ne me dis pas que c'est toi qui es derrière tous ces meurtres ? Tu n'as pas fait cela, réponds-moi ? hurle Simon. Tu n'as pas tué Caroline, dis-moi ?

La jeune femme relève fièrement la tête et affronte le regard de Simon. Caroline… Décidément, il n'y a vraiment qu'elle qui compte !

— Tout ce que j'ai fait, c'était par amour pour toi ! Tu m'entends ? Par amour pour toi !

La jeune femme tourne la tête en direction de la porte. Il lui faut réagir vite, mais le canon de l'adjudant-chef est toujours pointé sur elle. Cet homme n'hésitera pas une seconde à la neutraliser si elle n'obtempère pas. Elle n'a plus le choix…

Alors, avec une violence inouïe, Amandine enfonce l'aiguille dans son abdomen. Elle pousse un hurlement bestial qui déchire sa gorge. Son visage se fige en une grimace effroyable. Ses lèvres bleuies s'entrouvrent pour chercher de l'air, mais sa cage thoracique se bloque sur une dernière contraction douloureuse. Privée d'air, elle porte les mains à son cou en se tordant de douleur. Elle reste ainsi quelques secondes, puis son cœur cesse de battre brutalement. Elle s'affale lourdement sur le torse de Simon, une main agrippée à sa chemise.

Simon ne réagit pas, pétrifié par les yeux effarés d'Amandine qui le fixent. Un dernier spasme secoue le corps de la meurtrière. Ses doigts lâchent enfin leur étreinte.

Abasourdi par le geste insensé de la jeune femme, Hadrien reste cloué sur place, le bras levé, l'arme au poing. Puis, reprenant ses esprits, il dévale l'escalier et se précipite sur son collègue pour lui porter secours et l'aider à se débarrasser du corps d'Amandine. Méfiant, il maintient la jeune femme en joue, et de son pied droit fait rouler au sol le corps inerte. Après s'être pleinement assuré de l'absence de pouls, il s'accroupit auprès de Simon et pose son Sig-Sauer au sol.

— Ça va aller, Simon ? demande Hadrien d'une voix presque amicale.

— Comment as-tu fait pour me retrouver ici ?

— Je t'expliquerai plus tard… mais pour l'instant, ne bouge pas, je vais t'aider à dégager ton bras.

Ne parvenant pas à libérer le poignet de Simon menotté à la canalisation, l'adjudant-chef inspecte rapidement la cave. Il finit par dénicher une vieille barre à mine rouillée, parmi les outils entreposés près des fûts.

En faisant contrepoids, il réussit à arracher le tuyau qui cède au bout de quelques tentatives. Simon renverse la tête en arrière et pousse un soupir de soulagement.

— Pourquoi ? Pourquoi ? répète Simon incrédule.

Hadrien s'empare du manuscrit et de l'enveloppe posés sur le sol à côté du cadavre d'Amandine. Il parcourt rapidement la lettre des yeux.

— Amandine était folle… Je présume que nous aurons toutes les réponses dans son bouquin ! répond-il en brandissant le manuscrit. En attendant, je vais appeler les secours…

Il consulte l'écran de son téléphone portable et constate qu'aucun réseau ne passe. Les murs de la cave sont trop épais.

— Je vais devoir retourner là-haut, je reviens… Ne bouge pas !

Subitement, la main de Simon s'agrippe à la manche d'Hadrien. De son autre bras, il s'empare de l'arme posée au sol et la braque en direction de son collègue.

— T'es complètement barge ! Qu'est-ce qui te prend, Simon ?

— Ne fais aucun geste ou j'appuie sur la détente et tu iras rejoindre Amandine, ainsi que toutes celles que vous avez tuées ensemble !

Le regard consterné, Hadrien se tient immobile. Simon s'appuie sur un coude, le visage transformé par l'effort, le regard menaçant.

— Pose les mains sur ta tête et écarte-toi…

Hadrien, l'air de plus en plus ahuri, s'exécute sans discuter. Simon ne semble pas être dans son état normal. Mieux vaut ne pas le contrarier, surtout une arme à la main.

— Maintenant, allonge-toi face contre terre… Allez, dépêche-toi !

— Attends, Simon… Baisse ton arme, s'il te plaît ! Je ne te veux aucun mal ! Amandine est morte, tu n'as plus rien à craindre… Je suis venu pour t'aider…

— Toi, tu veux m'aider ? Allons, Hadrien, tu me détestes !

— Peut-être, mais certainement pas au point de vouloir ta mort ! Simon… Je t'en prie, baisse ton arme !

— C'est hors de question ! Je sais que tu es de connivence avec Amandine. Elle n'était pas toute seule dans cette histoire : je vous ai entendus parler dans cette cave : vous murmuriez à voix basse. À présent, je sais que c'était toi !

— Attends, Simon… Tu es en train de me dire qu'Amandine a un complice ?

Chapitre XX
Révélation ultime

Le bruit d'une arme à feu qu'on charge derrière eux cloue les deux gendarmes sur place.

Hadrien tourne lentement la tête en direction de l'escalier. Une femme d'âge mûr se tient debout dans l'encadrement de la porte, un pistolet à la main braqué sur eux. Sa face est livide, sa main ne tremble pas. Elle a le regard de ceux qui sont déterminés : elle n'hésitera pas à tirer.

— Simon… Posez votre arme au sol et levez les bras en l'air !

Puis s'adressant à Hadrien :

— Levez les bras, vous aussi, adjudant-chef Velganni !

— Qui êtes-vous ? demande prudemment Hadrien, sans quitter l'arme des yeux.

— Posez donc la question à votre collègue. Il sait parfaitement qui je suis.

— Docteur Karen Levasseur, articule péniblement Simon.

Hadrien hausse les épaules en signe d'incompréhension.

— Le docteur Levasseur est ma psychothérapeute, et celle d'Amandine aussi...

— Maintenant que les présentations sont faites, on va pouvoir passer aux choses sérieuses !

De sa main gauche, le docteur Levasseur extrait de sa poche une paire de menottes qu'elle lance aux pieds des militaires. Simon pense pouvoir profiter de ce moment d'inattention pour s'emparer de l'arme posée au sol. Il esquisse un léger mouvement de la main droite.

Une détonation survient, arrachant un hurlement à Hadrien qui porte instantanément les mains à sa cuisse. Ses doigts crispés sur la plaie ne parviennent pas à retenir le sang qui s'en échappe.

— Je pense que le message est suffisamment clair à présent ? Simon, faites glisser l'arme au sol à votre droite et attachez-vous ensemble par les chevilles. Et pas d'entourloupe, cette fois !

Simon hésite quelques instants ; à ses côtés, Hadrien gémit de douleur, le sang jaillit de sa plaie par saccades à une vitesse folle. À ce rythme-là, il ne tiendra pas bien longtemps.

Alors, sans prendre cas de l'injonction du docteur Levasseur, il déchire un pan de sa chemise pour en faire un garrot qu'il pose autour de la jambe d'Hadrien. Puis il referme les menottes autour de leurs chevilles.

— Voilà qui est plus sage... Maintenant, vous allez pouvoir m'écouter !

Le docteur Levasseur s'installe en face des deux militaires sur un tabouret en bois. Elle prend une profonde inspiration et entame son récit.

— Cela fait près de trente-cinq ans que j'écoute mes patients se plaindre de leur vie, et figurez-vous qu'aucun d'entre eux ne m'a jamais demandé si moi, j'allais bien ! Pas un seul n'a daigné me poser la question ! Ils venaient frapper à la porte de mon cabinet pour me faire part de leurs problèmes, espérant que je leur apporte des solutions, clé en main. Aujourd'hui, c'est à mon tour de parler !

— Docteur, je vous en prie, il faut appeler les secours : mon collègue perd beaucoup de sang. Il va mourir si on ne le soigne pas rapidement…

— Que voulez-vous ? Il faut bien mourir un jour ! Nous sommes tous mortels, n'est-ce pas ? Allez, cessez de vous plaindre et de m'interrompre, cela ne fait que retarder l'échéance.

Les cheveux hirsutes, Karen Levasseur renverse la tête en arrière ; un rire glaçant sort de sa gorge décharnée.

Les deux hommes comprennent alors qu'ils ne s'en sortiront jamais. Ils échangent un long regard comme s'ils se découvraient l'un et l'autre pour la première fois. À cet instant précis, les deux gendarmes éprouvent un profond respect mutuel. Leurs vieilles rancunes leur apparaissent bien dérisoires au regard de la situation.

Simon réajuste le garrot sur la cuisse d'Hadrien : le morceau de tissu n'est pas assez épais pour contenir le sang qui suinte toujours. Simon observe le visage décoloré de son collègue. Ses lèvres ont perdu leur teinte rosée et ses yeux se voilent peu à peu. L'espace d'un instant, Simon songe à retirer le garrot. Puisque leur sort est scellé, ne vaudrait-il pas mieux abréger les souffrances d'Hadrien ? Comme s'il avait pu lire une nouvelle fois dans ses pensées, Hadrien fronce les sourcils et fait un léger signe de la tête pour l'en dissuader.

— Et puis, qu'est-ce que vous croyez ? Que je vais vous laisser repartir tous les deux ? Allons, allons, Messieurs, ce n'est pas à vous que je vais apprendre votre métier. Quelles sont vos chances d'en réchapper selon vous ?

Les gendarmes baissent la tête et ne répondent pas. Le docteur Levasseur croise lentement ses jambes. Elle affecte de lisser le pli de sa robe. Puis elle reprend le fil de son discours avec une froideur implacable.

— Je vais vous raconter comment tout a commencé, ou plutôt, devrais-je dire, comment tout s'est terminé ! C'était un 12 juin, un vendredi pour être précise. Je me souviens avec exactitude de ce que je faisais à ce moment-là : mon époux et moi-même étions à la mairie de Saint-Sébastien-sur-Loire. Nous déposions un dossier pour réserver la salle des fêtes. Notre fils… Thibault… venait de fêter ses dix-huit ans. Son anniversaire avait eu lieu le 4 juin, mais nous avions organisé dans le plus grand secret, aidés de quelques-uns de ses amis, une grande fête d'anniversaire surprise. Nous avions invité une trentaine de ses camarades et je peux vous dire que notre fils était très apprécié : c'était un garçon respectueux et dévoué. Et puis, nous avons reçu cet appel sur le téléphone portable de mon mari. Il s'est éloigné quelques instants, pensant qu'il s'agissait d'une urgence médicale. Quand il est revenu à mes côtés, ses lèvres tremblaient, ses yeux bleus transpiraient de chagrin. Il s'est approché de moi, il a pris mes mains dans les siennes, puis il s'est écrié « notre fils est mort! » Il était 10 h 30. Jamais je n'oublierai ce que j'ai ressenti à ce moment-là, jamais!

Karen Levasseur observe la réaction des deux hommes. Dans sa main droite, le revolver tremble ostensiblement. Simon sent son regard glacial peser sur lui. Elle attend une réaction de leur part, mais laquelle?

— Croyez bien que nous sommes navrés, mais je ne comprends pas en quoi cela nous concerne…

— Cela vous concerne plus que vous ne pouvez l'imaginer! Vous allez tout de suite saisir le lien. Thibault était notre grande fierté. Nous lui avions donné une excellente éducation et ses résultats scolaires dépassaient toutes nos espérances. Il venait d'achever sa première année de faculté de médecine. Il était parmi les cinq premiers de sa promotion! Nous étions extrêmement fiers de lui. Ses camarades avaient organisé pour l'occasion une fête dans un bar de Nantes. Il se trouve que ce soir-là, la France a gagné son premier match de la coupe du monde contre l'Afrique du Sud. Alors, dans les rues de Nantes, c'était l'effervescence. Mon fils et ses amis ont consommé de l'alcool plus que de raison. Thibault savait à quel point il allait nous décevoir, aussi a-t-il préféré quitter le bar bien avant le reste du groupe. Il a confié ses clefs de voiture à l'un de ses amis. Nous la lui avions offerte la semaine précédente, en récompense de ses très bons résultats.

Le docteur Levasseur s'interrompt quelques instants, afin de se ressaisir. Elle sent monter en elle une vague de colère.

— Le lendemain vers midi, alors que notre fils était encore au lit, un agent de police est venu sonner à notre porte. Il a emmené notre Thibault, menottes aux poignets. On l'accusait de viol en réunion sur une jeune fille de seize ans. Nous avons appris par la suite qu'après le départ de notre fils, ses camarades avaient emprunté sa voiture afin de raccompagner une adolescente qu'ils avaient rencontrée sur place. Vers six heures du matin, la gendarmerie a retrouvé le véhicule de Thibault, abandonné sur un parking. La jeune fille se trouvait à l'intérieur, inconsciente : elle avait été rouée de coups et agressée sexuellement.

— Votre fils n'a pas pu prouver qu'il n'était pas présent au moment de l'agression ?

— Il a clamé son innocence à maintes reprises. Nous avions engagé le meilleur avocat du barreau de Nantes, mais rien n'y a fait ! Sous la pression des gendarmes, l'un des trois jeunes hommes a laissé entendre que Thibault avait participé au viol. Ils avaient tous absorbé de grandes quantités d'alcool et n'avaient plus aucun souvenir de la fin de soirée. Ce jeune homme est revenu sur sa déposition le lendemain matin, mais l'enquêteur chargé du dossier n'a pas voulu prendre en compte cette nouvelle déclaration. L'affaire a été classée !

— Les inspecteurs n'ont procédé à aucun relevé d'empreintes ?

— Non, l'enquête a été bâclée. Notre avocat s'est directement adressé au parquet de Nantes, mais ses requêtes sont restées lettre morte.

— La victime n'a-t-elle pas témoigné en faveur de votre fils ?

— Elle est restée dans le coma près d'une semaine. Notre fils n'a pas tenu jusque-là... Il s'est donné la mort le lundi soir qui a suivi son arrestation. Ce n'est que le mardi matin que sa petite sœur a découvert son corps sans vie : il s'était pendu dans les combles, au-dessus du garage...

La voix de Karen Levasseur s'étrangle soudainement, laissant transparaître une vive émotion. De l'endroit où il se trouve, Simon peut voir ses yeux briller et entendre les reniflements réguliers.

— Il avait laissé une lettre... Il s'excusait de la peine qu'il nous avait infligée malgré lui. Il clamait une dernière fois son innocence, et exprimait les souffrances qu'il avait endurées lors de sa garde à vue. Les enquêteurs, convaincus de sa culpabilité, ne l'avaient pas ménagé. Ils avaient jeté son nom en pâture à la presse. Dès le lundi matin, la photo de notre fils faisait la une des journaux locaux, aux côtés des trois agresseurs. Il savait que même s'il était lavé de tout soupçon, les gens se souviendraient de son visage et que cela lui porterait préjudice pour sa carrière : il voulait être médecin comme son père. Pas un seul instant, nous avions douté de sa sincérité. Lorsque la jeune fille est sortie du coma, trois jours après le décès de notre fils, elle a confirmé que les agresseurs étaient au nombre de trois et que Thibault n'en faisait pas partie ! Il était innocent !

Ne sachant quelle attitude adopter, et afin d'éviter le regard de sa tortionnaire, Simon baisse les yeux.

— Vous vous demandez encore quel rapport il peut bien y avoir avec votre présence ici.

Simon acquiesce d'un timide hochement de tête.

— L'enquêteur responsable du dossier s'appelait… Louis Belfort ! hurle-t-elle en se levant d'un bond et en brandissant son arme. Louis Belfort !

Les yeux injectés de sang, elle lève la tête vers le ciel, comme si elle s'adressait à un être invisible. Vous m'entendez ? Louis Belfort ! crie-t-elle la rage au ventre. Vous avez pris la vie de mon fils, à mon tour de vous en prendre une !

— Mon père ?

— Oui, votre père !

— Je ne sais pas si vous le savez, mais il est décédé depuis bien longtemps déjà…

— Évidemment que je le sais ! triomphe-t-elle d'une voix hystérique. Puisque c'est MOI qui l'ai obligé à mettre fin à ses jours ! Vous semblez surpris ! Cela fait vingt ans, mais, croyez-moi, je m'en souviens comme si c'était hier !

Saisi d'effroi, Simon se mord violemment les lèvres pour ne pas laisser échapper le flot d'injures qui monte en lui.

— Votre père m'implorait de l'épargner, il sanglotait comme un gosse ! Il se répandait en vaines excuses, agenouillé à mes pieds. Il fallait qu'il paie pour ce qu'il avait fait à Thibault. Je n'attendais qu'une seule chose de lui : qu'il crève comme un chien ! Comme il ne voulait pas appuyer sur la détente, je l'ai menacé d'attendre le retour de toute sa petite famille, et de vous exécuter les uns après les autres. Cela faisait des jours que je vous observais, je savais à quelle heure chacun d'entre vous allait arriver. À commencer par vous, Simon ! Je comptais d'ailleurs sur votre présence, mais ce jour-là, vous n'êtes pas rentré de l'école directement. C'est bien dommage : il aurait vu son fils mourir sous ses yeux ! Mais aujourd'hui, grâce à notre chère Amandine, justice va être faite !

Chapitre XXI
Un plan machiavélique

Le docteur Levasseur s'approche du corps sans vie d'Amandine. Elle enveloppe son cadavre d'un regard empreint de tendresse.

Depuis que la jeune femme avait poussé la porte de son cabinet, deux ans auparavant, elles avaient tissé une relation singulière, dépassant le simple cadre de la thérapie. Dès le premier rendez-vous, Amandine s'était montrée très réceptive et reconnaissante envers elle.

*

C'est en juin dernier que les choses avaient changé radicalement : alors que le docteur Levasseur feuilletait machinalement le planning des rendez-vous de son confrère, elle était tombée par hasard sur un nom qui avait produit comme un électrochoc.

Simon Belfort !

Son cœur s'était resserré d'un coup sec et brutal. Les vieux démons qui sommeillaient en elle s'étaient réveillés en sursaut, sans rien avoir perdu de leur vigueur d'antan. Depuis ce moment, elle avait œuvré pour assouvir sa vengeance. Elle s'était arrangée pour prendre en charge le suivi de l'adjudant Belfort. Elle était intimement convaincue que le destin avait volontairement placé sur son chemin le fils du meurtrier de Thibault.

Elle allait pouvoir mettre en application la loi du talion. Œil pour œil, dent pour dent…

Le premier rendez-vous avec Simon Belfort avait été particulièrement éprouvant pour le docteur Levasseur : il avait nécessité une longue et intense préparation psychologique. Elle était parvenue à conserver un calme olympien. Le visage affable qu'elle arborait ne laissait transparaître aucun sentiment négatif à l'égard de son patient. Pourtant, le simple fait de le voir assis sur le fauteuil, juste en face d'elle, lui soulevait le cœur et la répugnait au plus haut point. Quand elle le regardait droit dans les yeux, elle avait le sentiment d'être face à l'assassin de son fils. La seule pensée de pouvoir un jour le venger, lui donnait la force nécessaire pour poursuivre l'entretien sans lui sauter à la gorge. Des pensées criminelles jaillissaient de toute part dans son esprit, mais elle les chassait aussitôt, préférant s'en tenir au plan qu'elle avait sournoisement échafaudé.

Patience est mère de sûreté…

En revanche, lorsque l'adjudant Belfort avait quitté son cabinet, il lui avait fallu près d'une demi-journée pour se remettre de ses émotions.

Au fil des séances, elle avait su gagner la confiance de son patient qui se livrait à elle sans pudeur. Il lui confiait son mal-être et ses appréhensions, sans se douter qu'il avait au-dessus de sa tête une épée de Damoclès qui ne tarderait pas à s'abattre sur lui.

La dépendance à l'alcool de l'adjudant Belfort s'était avérée un sérieux atout dans son entreprise démoniaque. Il lui avait fallu moins de trois mois pour mettre en place un stratagème redoutable. À commencer par le rendez-vous soi-disant fortuit du gendarme et de celle qui allait devenir son bras vengeur. Karen Levasseur s'était arrangée pour que leurs rendez-vous coïncident parfaitement : même jour, même heure. Bien entendu, il n'y avait ce jour-là aucun autre patient dans la salle d'attente du cabinet.

Le docteur connaissait suffisamment bien la jeune femme pour savoir que l'adjudant-chef lui plairait dès les premiers regards échangés. Elle s'était assurée ensuite du bon déroulement de son plan, tirant habilement les ficelles de chaque côté. Simon et Amandine n'avaient été que des marionnettes entre ses mains.

Initialement, la jeune femme ne devait pas mourir ainsi, mais, puisqu'elle devenait incontrôlable, le docteur Levasseur avait dû changer le scénario au dernier moment. Elle ne pouvait pas se permettre de laisser les choses lui échapper et risquer par la même occasion d'être démasquée à son tour. L'adjudant-chef Velganni avait commencé à fouiner du côté d'Amandine ; il ne tarderait pas à remonter jusqu'à elle.

Trois longs mois à patienter dans l'ombre. Et voilà enfin la consécration de son œuvre !

*

Le docteur Levasseur se tient debout, droite comme une règle d'acier. Face à elle, le visage effaré de l'adjudant Belfort lui procure une jouissance infinie. Mais le temps presse… Et il faut en terminer une bonne fois pour toutes.

Alors, tout en maintenant en joue les deux gendarmes, le docteur recule de quelques pas sur la droite. Elle se penche et soulève un sac en toile de jute. Le regard inquiet, Simon suit chacun de ses mouvements. Quand il la voit s'emparer d'un vieux bidon métallique et d'une boîte d'allumettes, il comprend alors quelle fin tragique leur est réservée. L'étiquette apposée sur le bidon indique qu'il contient du pétrole.

Il n'y aura aucune échappatoire possible. Le cœur de Simon bondit dans sa poitrine et tous ses muscles se pétrifient. Cette femme a perdu la raison ! Elle ne veut pas simplement qu'ils meurent, elle préfère qu'ils agonisent à petit feu et si possible, dans d'atroces souffrances.

Guidé par l'instinct de survie, Simon se redresse et secoue vigoureusement le corps inerte d'Hadrien, mais en vain, celui-ci ne manifeste aucune réaction. Sa tête est inclinée sur le côté, ses paupières sont closes. L'adjudant Belfort voudrait pouvoir crier, appeler à l'aide, mais sa gorge est si serrée qu'il peine à respirer.

— Vous ne pouvez pas faire ça ! Je vous en supplie ! implore-t-il d'une voix étouffée.

Sourde aux supplications de l'adjudant, le docteur Levasseur dévisse le bouchon et commence à répandre le liquide malodorant sur les fûts en bois entreposés à droite de l'escalier, puis elle verse le reste du bidon sur la pile de cagettes en bois. Enfin, elle gravit à reculons les marches de l'escalier, l'arme à la main, les yeux rivés sur les deux hommes…

Simon se met alors à hurler d'effroi, secouant sans ménagement le corps apathique d'Hadrien. Les chevilles des deux gendarmes étant menottées ensemble, jamais ils ne pourront s'enfuir d'ici. C'est physiquement impossible.

Fou de rage, Simon saisit Hadrien par le col de sa veste et le frappe plusieurs fois au visage.

— Réveille-toi, Hadrien. Il faut sortir d'ici ! Réveille-toi ! hurle-t-il désespérément.

L'adjudant-chef lève enfin les paupières et découvre au-dessus de lui le visage épouvanté de son collègue qui hurle son prénom.

Depuis le haut de l'escalier en bois, le docteur Levasseur contemple la scène, un rictus au bord des lèvres.

Dans un ultime effort, les deux gendarmes tentent de se mettre debout. Hadrien, soutenu par Simon, pousse un cri de douleur : sa plaie s'est remise à saigner abondamment. Ils ne pourront pas atteindre l'escalier à temps.

De son promontoire, le docteur observe avec délectation les tentatives désespérées des militaires. Un ricanement d'outre-tombe sort de sa gorge. Puis, d'un geste vif, Karen Levasseur craque une allumette. Elle la maintient quelques instants du bout des doigts. Les gendarmes retiennent leur souffle, les yeux écarquillés d'effroi.

— Levez les mains en l'air et lâchez votre arme !

Le docteur Levasseur fait volte-face, l'arme au poing. Deux détonations retentissent presque simultanément.

Karen Levasseur bascule en arrière, son corps dévale lentement l'escalier en bois dans un bruit sourd. Dans sa chute, l'allumette embrase la pile de cagettes. Les flammes atteignent rapidement les barriques de vin. Un souffle d'une puissance remarquable projette Simon et Hadrien à terre. La tête de Simon heurte violemment un bloc de béton.

Les adjudants Bonraisin et Cadorel surgissent en haut de l'escalier et se précipitent pour leur porter secours. Une épaisse fumée âcre se propage dans la cave, rendant l'air irrespirable et la visibilité quasi nulle.

— Vite, les gars ! Faut sortir de là, ça va exploser ! hurle Bonraisin en secouant vigoureusement les deux hommes inconscients.

Malgré les sollicitations de Bonraisin, Simon ne réagit pas. Hadrien émet des sons plaintifs à peine audibles. Impossible de les porter tous deux, ils sont menottés ensemble par les chevilles. Cadorel se rue sur le corps de Karen Levasseur qui gît au bas de l'escalier. La clé à la main, le gendarme rampe sur le sol, guidé par les cris de Bonraisin.

Poussés par un furieux instinct de survie, les militaires saisissent à bras-le-corps leurs collègues et gravissent l'escalier embrasé.

*

Au fond de la cave, le cadavre d'Amandine est la proie des flammes qui le rongent avec voracité. À ses côtés, sur le sol de terre battue, son manuscrit se tord sous l'effet de la chaleur, puis le feu le dévore sans ménagement.

*

Parvenus à l'air libre, les gendarmes ont à peine le temps de souffler qu'une violente déflagration les projette tous au sol.

Les véhicules de gendarmerie et des sapeurs-pompiers arrivent rapidement sur place. En quelques minutes à peine, le feu s'est propagé à tout le bâtiment. Une épaisse fumée noire s'échappe par le toit, rendant l'incendie visible à des kilomètres à la ronde.

Simon et Hadrien sont aussitôt pris en charge par une équipe de secouristes. Avant de déployer sur le site le reste de ses hommes, le chef des pompiers interroge Bonraisin et Cadorel.

— Y a-t-il d'autres personnes à l'intérieur de la maison ?

— Oui, il y a deux femmes dans la cave, confirme Cadorel. Mais elles sont déjà mortes !

*

Avant que les portes de l'ambulance ne se referment, l'adjudant Bonraisin monte à bord du véhicule. Hadrien est allongé sur une civière, sous une couverture de survie, un masque à oxygène sur le visage.

— Tiens bon, Hadrien ! murmure Bonraisin en se penchant au-dessus du brancard. Le plus dur est derrière toi !

Très affaibli, Hadrien ouvre difficilement les yeux.

— Où est Simon ? parvient-il à articuler avec peine au travers de son masque.

— Ne t'inquiète pas pour lui, Hadrien ! Ton collègue est hors de danger. Il va s'en tirer avec une belle bosse à l'arrière du crâne. C'est un moindre mal !

— Vous en avez mis du temps…

— Oui, désolé. On a reçu ton message tardivement. Mais l'essentiel, c'est qu'on soit arrivé à point nommé ! Allez, repose-toi !

Toutes sirènes hurlantes, les ambulances évacuent les deux gendarmes blessés vers le CHU de Nantes.

Bonraisin rejoint le groupe des gendarmes afin de procéder aux premières constatations. Son collègue se dirige vers lui à grandes enjambées, l'air préoccupé.

— Nous avons un problème ! déclare Cadorel d'une voix sépulcrale. Les pompiers sont formels : il n'y avait qu'un seul corps dans la cave… Et c'est celui d'Amandine Doucet.

*

Le domaine de Grand Fresne est bientôt envahi par les véhicules de la police scientifique et des journalistes. La nouvelle s'est répandue comme une traînée de poudre aux communes avoisinantes.

Par-delà les buissons qui bordent l'allée du Grand-Fresne, une silhouette sombre s'enfonce dans la forêt…

FIN

NOTE DE L'AUTEURE

Écrire ce premier roman fut pour moi un véritable défi. Plusieurs fois, j'ai songé à renoncer à ce projet qui pouvait paraître insensé pour une déficiente visuelle. J'ai souhaité aller au bout de ce combat malgré la maladie, car le handicap ne doit pas être un frein à la créativité.

Sans le soutien de mon entourage et le recours à des aides techniques telles que les lunettes à synthèse vocale, la loupe et le télé-agrandisseur, ce livre n'aurait jamais vu le jour.

L'accueil chaleureux et bienveillant que les lecteurs ont réservé à ce premier ouvrage m'a insufflé l'énergie et le courage de persévérer dans la passion de l'écriture, et de donner une suite aux aventures des gendarmes Belfort et Velganni.

Ce roman est disponible en version grands caractères pour que chacun puisse accéder à la littérature.

Vous pouvez me faire part de vos retours sur Facebook ou Instagram : @AlineDuretAuteure

Inscrivez-vous gratuitement,
et sans aucun engagement de votre part,
à notre bulletin d'information
en nous retournant le coupon ci-contre.

Vous serez averti(e) des parutions en exclusivité,
pourrez bénéficier d'offres spéciales,
de cadeaux, etc.

Chaque nouvel inscrit recevra
une petite surprise...

Rejoignez-nous vite !

Et n'hésitez pas à proposer l'inscription
à vos parents et amis...

Retrouvez l'ouvrage d'Aline Duret
et tous les titres des Éditions du Palémon sur :

www.palemon.fr

ÉDITIONS DU PALÉMON
ZI de Kernevez - 11B rue Röntgen
29000 QUIMPER
02 98 94 62 44
Dépôt légal 4e trimestre 2021

ISBN : 978-2-372606-27-1

Achevé d'imprimer en octobre 2021
sur les presses de la **N**ouvelle **I**mprimerie **L**aballery
58500 Clamecy
Numéro d'impression : 110641 - 1er tirage

Imprimé en France

La Nouvelle Imprimerie Laballery est titulaire de la marque IMPRIM'VERT®

Je désire m'abonner gratuitement
au bulletin d'information des Éditions du Palémon :
je serai informé(e) des parutions
d'Aline Duret,
ainsi que de l'actualité et des offres Palémon.

Nom ....

Prénom ....

Adresse ....

....

Code Postal .... Ville ....

Pour encore plus d'offres et d'infos,
indiquez votre adresse e-mail :

E-mail ....@.....................

Bon à compléter ou à recopier
et à retourner par courrier à l'adresse suivante :

ÉDITIONS DU PALÉMON
ZI de Kernevez
11B rue Röntgen
29000 QUIMPER

Vos données sont collectées par les éditions du Palémon afin de vous inscrire à notre lettre d'information. Le recueil des données est facultatif et limité à ce qui est strictement nécessaire pour vous faire parvenir notre catalogue et/ou notre newsletter. Vous pouvez à tout moment accéder à vos données, les rectifier, demander leur suppression ou la limitation de leur traitement. En cas de question, vous pouvez nous contacter au 02 98 94 62 44 ou sur **contact@palemon.fr.**

- ❐ Je consens à l'utilisation de mes données
- ❐ Je souhaite m'inscrire à la newsletter

AD01